必勝ダンジョン運営方法 20

雪だるま
YUKIDARUMA
画 ファルまろ
FARUMARO

モンスター文庫

アスリン
人族。
家事手伝い。
セラリア
人族。ウィード女王。

大きな
お月様を
眺めながら…
ユキ（鳥野和也）
日本人。
ダンジョンマスター。
ルルア
人族。
元リテアの聖女。

魔術神が
ほしがる
あれ
「ありがとうございます。
エリス殿!!
あれは、やはりウィードで
生産されているのですね!」
ノノア
魔術神。

必勝ダンジョン運営方法⑳

雪だるま

MONSTER
bunko

必勝ダンジョン運営方法 20

CONTENTS

第425掘：頑張ったよ

Side：ヒイロ

「捕まえろ‼　逃がすな‼」

そのおじさんの声はとっても怖かった。

絶対、捕まってはいけないと分かる声だ。

「あ、あう」

「ヒイロ‼　早く‼　こっちに来なさい‼」

ヴィリお姉がそう呼んでいるけど、足がすくんで思うように動かない。

こわい、こわい、こわいよ……。

「ヒイロッ‼　このっ‼」

咄嗟《とっさ》にドレお姉がごみ袋を窓から出てきた人たちに投げつけて、追ってきた人たちがひるんだ隙に、ドレお姉が戻ってきて私を抱えて走り出した。

「なんで、大通りから離れてるの⁉」

「仕方ないじゃない‼　咄嗟にこっちに走っちゃったんだから‼」

ヒイロは、ドレお姉に抱えられていて、がくがく視界が揺れてどこを走っているのか分からなかったけど、どうやら、お姉たちは大通りとは反対側に走り出しているらしい。

「どっちにいく⁉」

「右‼」

お姉たちは、追ってくるおじさんたちを撒《ま》くために路地をあちこち走り回っている。

でも、そろそろヒイロは限界に近付いてきた。

ガクガク揺さぶられて、気持ちが悪い……。

「ドレお姉、下ろして、吐きそう……」

「ちょ、ちょっと⁉」

「え、えーっと、そうだ‼ ドレッサ、屋根‼」

「なるほど‼ その手があったわね‼」

そう言うと、ドレお姉とヴィリお姉は一気に飛び上がって、建物の屋根に上り、ヒイロを下ろした。

「あうー。世界がゆれるー。ぎぼちわるいー」

「気持ち悪いのは分かるけど、静かにしなさい。見つかるわよ」

「しっ‼」

「はぶっ」

ヒイロはヴィリお姉に口を手でふさがれて、変な声を出してしまった。

そして、下の路地から声が聞こえてくる。

「見失ったか？　どうする？」

「残って探す側と、大臣と合流して報告を兼ねて、冒険者ギルドの方で子供が無礼を働いたと証言するのに加わる側で分かれよう」

「そうか、大臣たちは先回りをして、冒険者ギルドにかかわるなと言うつもりか」

「そうだ。どのみち、子供は捕まる。が、捕まえるに越したことはない」

どういうこと？

ヒイロたちが悪者にされるの？

なんで？　ヒイロたちはお仕事してただけだよ？

どうして、そんな無表情でそんなことができるの？　こわいよ……。

「まずいわね。私たちが無礼を働いたなんて証言されたら、どうしようもないわよ……」

「……そこは問題ありません。証拠の録音がありますから」

「あ、そっか。それがあれば、向こうの都合が悪くて私たちを襲ってきたって証明できるわね」

「……なら、ここであの人たちがいなくなるまでじっとしてる？」

ヒイロは怖いから、そっちの方が助かる。

だって、あの人たち、盗賊《とうぞく》や魔物みたいに殺気とかないんだもん。

ただ、お仕事だからこっちをって感じで何も感情が混じってない。

だから、とても怖い。

でも、ヴィリお姉から出た言葉は違った。

「あの屑《くず》どもをブチノメシマス」

「は？」

「え？」

気が付けば、ヴィリお姉からはもの凄《すご》い魔力が出ていた。

これは本気でお仕置きするときのヴィリお姉だ。

「お、落ち着きなさい。私たちの仕事は情報を集めることが最優先よ。危険なことはダメだってヴィリアが念を押して言ってたじゃない」

「そうだよ。ヴィリお姉。危ないよ」

でも、ヴィリお姉には私たちの声は届いていないみたいで……。

「わ、私たちが悪かったように仕立て上げるなんて、ゆ、許せない。お兄様から、信頼してもらって頼まれたお仕事を、あんな屑たちに邪魔されてなるものですか……」

そして、ゆらっと、こちらに振り返る。

そこには、本気で怒ったヴィリお姉が立っていた。

あれはきっと魔王だと思った。

「ひっ⁉」

「怖がってないで、上から急襲します。そして、捕縛した後、冒険者ギルドに引きずっていって、そのまま、あの屑大臣も捕縛して、お兄様に土下座して謝らせたあと、街中引きずりまわして処刑です」

あ、駄目だ。完全にキレてる。

「では、行きますよ。来ないと、二人ともお仕置きです」

そんな恐ろしい言葉を吐きつつ、止める間もなく、そのまま下に降りていく。

「ちょ、ちょっと‼」

「ううっ。仕方がない。ドレお姉行くよ‼」

「ええっ⁉」

「いつか、対人戦もしないといけないって、モーブのおじさん言ってたし、頑張る」

「あー、もう‼　分かったわよ‼　ヒイロは絶対に私から離れちゃだめよ‼」

「うんっ‼」

意を決して、二人でヴィリお姉を追いかけて、飛び降りる。

「よっと」

「たっ」

無事着地成功。

うん、大丈夫。さっきとは違って体は思うように動く。

落ち着けば怖くない。怖くない。

「何のつもりだ？」

ん？

なにか相手の人怒ってる⁇

あー、ヴィリお姉がさっき飛び降りた時に、下にいた一人を踏み潰したからかな？

踏み潰された人は動いてないから、気絶……したんだと思う。殺してない、よね？

「何のつもりと言われましても、ごみを掃除しただけです。私たちのお仕事なので」

ヴィリお姉はいたって普通に答える。

でも、完全にケンカを売っている。

「……ごみだと？　まあいい。英雄気取りで俺たちの前に出てきたのは失敗だったな。あいつから、冒険者と聞いてはいたが、やはり子供ということか」

そういうと、武器の代わりに、木材やらを持って囲んでくる。

なるほどー。

ウィードでは、武器とかはお札を貼られて使用禁止になっちゃうから、どうするのかと思っていたけど、そういうやり方があるのかー。木材とかでも殴られたら痛いし、立派な武器だよねー。

でも、ヒイロは、デリーユお姉直伝のかくとうで戦うよ。

というより、ヒイロたちの周りには武器になりそうなものがないんだよね。

全部、おじさんたちにとられちゃった。これは反省しておかないと。

「残念ながら、お前らはここから生きて出られんよ。この木材が倒れた事故で死ぬんだ」

ううっ。あの目が怖い……。

でも、ヴィリお姉はそんな話を意にも介さず、一気に踏み込んで、一人の顎を掌底で打ち抜く。

スパンッ‼

そんな気持ちのいい音が響いて、一人倒れる。

「なっ⁉」

「二人とも、動きなさい。いい的です。動けないなら、今後の練習はもっと厳しくいきます」

ヴィリお姉は囲んでいる相手なんて見向きもしないで、ヒイロたちを見つめてくる。

「なめやがっ……ごぺっ⁉」

後ろから殴りかかろうとしたもう一人は、裏拳であっと言う間にぶっ倒れる。

「私が全部倒すなんてことがないように」

「わ、分かったよ」

「う、うん」

まずい。

この中で一番の凶悪な敵はヴィリお姉だ。

早く、一人でも倒さないと、ヒイロしんじゃう‼

おじさんたちよりも、ヴィリお姉がこわい‼

そう心が叫んでいたので、一番近くにいるおじさんに走り寄る。

「お前みたいなチビに何が……べきっ⁉」

「殴れる」

一発試しにジャブを打ってみたら当たった。

体がよろめいている。これは叩きこむチャンス。

サンドバッグにやるように……。

打つべし、打つべし、打つべし、打つべし‼

そして、とどめのー、宝玉破壊脚‼

「……のほっ！？？」

きまった。

変な声出したってことは、急所に当たったみたい。

モーブのおじさんたちが、男に襲われたら、ここを狙うのが一番いいって言ってたのは本当だった。

でも、なんでお玉ってそんなに痛いんだろう?

ヒイロ、女の子だから、よく分かんない。

と、いけない。

他に敵がいたんだった。

襲ってこないから忘れてた。

「あ、ヒイロ。終わりましたか?」

「ヒイロ。しっかり動けるじゃない」

振り向いたら、すでに残りの人はヴィリお姉とドレお姉が倒していたみたい。

「うん。ヴィリお姉の方が怖かったから、頑張れた」

「……ほめてないですよね?」

「いや、ヒイロ的には褒《ほ》めているんでしょう」

「たぶん、褒めてる?」

「なんで、疑問形なんですか!!」

「あはは」

そんなふうに笑っていた時、ヴィリお姉とドレお姉の後ろから尖《とが》った木材を振り下ろそうとしている人が現れた。

「お姉!! 後ろ!!」

咄嗟に叫んだけど、間に合わない。

お姉たちは反応できていない。

このままじゃ、お姉たちが……。

「ほいっ」

「なにっ⁉」

「「ひゃん⁉」」

串刺しにされることなく、さらにいきなりお兄が現れて、その人を止めた。

振り上げた木材をつかんで止めている。

「くそっ‼　はなせっ‼」

「はいはい」

「うぎっ⁉」

お兄は言われるがままに放して、その人は勢い余って、壁に後頭部をぶつけた。

「のぉぉぉぉー……⁉」

凄い痛そう。

ごろごろ転がっている。

「放せと言われたから放したのに。コントか。ま、押さえる手間が省けるからいいか。リーア、クリーナ、ロープで捕縛手伝って」

「はーい」

「ん。分かった」

お兄はそういいながら、ロープを取り出して、転がっている人たちをぐるぐる巻きにしていく。

「これでいいかな。さて、初めての本気の対人戦にしては上出来だとは思うが、最後のあれは油断だな」

「ご、ごめんなさい」

「わ、悪かったわよ」

「も、申し訳ありません。お兄様‼」

「反省しているならいいさ。こういうのは勝って兜《かぶと》の緒を締めよって言ってな。勝利した時にこそ、最大の隙があるっていう奴さ。いい経験になっただろう。経験しないと、なかなか実感はしにくいだろうからな」

「うん。よく分かった。ヒイロ、もう油断しない」

「た、助かったわよ。あ、あ、ありがと」

「自分の未熟が身に染みて分かりました。お兄様、本当にありがとうございます。ですが、なぜお兄様たちはここに？」

「簡単ですよ。ヴィリアちゃんたちの行動はコールで確認してましたから」

「わざわざ、ですか？」

「わざわざという表現は適切ではない。ヴィリアたちは、私たちの大事な人。生徒であり、友人でもある。その人たちを私たちの都合で巻き込んだのだから、この程度は当然の責務」

ナーお姉にそう言われて、なんだか、ようやく緊張が解けた気がして、涙が出てきた。

「ナーお姉……」

「ん。ヒイロはよく頑張った。ヒイロの姉としてとても嬉しい」

「こ、こわかった」

「ん。もう大丈夫」

「う、うわーん」

久々に、大声で泣いた。

ナーお姉は涙で服が汚れるのも気にしないで、ずっと抱いてくれてた。

「二人とも大丈夫ですか？」

「怪我《けが》とかはないか？」

「あ、はいっ!!　いえっ、私も怖かったです」

そう答えたのは、ヴィリお姉。

嘘だ、最初からやる気満々だったくせに。

危険なことしたんだから、お兄に言いつけて……。

その時、ヴィリお姉と視線が合った。

『黙ってろ』

あまりの眼力にさらに泣き出してしまう。

もう、自分では止められない。

だって、本当に怖いんだもの。

「よしよし」

唯一の救いは、ナーお姉が抱っこしてくれること。

「ん？　どうしたドレッサ？　どこか怪我でもしてるか？」

「い、いえ‼　問題ないわ‼　平気よ‼」

「そうか？」

あー、ドレお姉もヴィリお姉の無言の圧力を食らったのか。

やっぱり、ヴィリお姉は怖い。

第426掘：天上の神々の会談（標高５ｍ）

Ｓｉｄｅ：ノノア・ウィザード・シャイン　魔術国　女王

今日も一室で、私はある人物との話し合いをしていた。

しかし、声こそ二人分聞こえるが、この部屋にいるのは私だけ。

『そっちの方はどうなんだ？』

私の目の前には、鏡が置かれていて、声はそこから響いており、その鏡に映るのは私ではない。

そこには、なんとも、偉丈夫《いじょうぶ》な男が映っている。

断じて、絶世の天才美女の名を冠している私の姿ではない。

その男の名をノゴーシュと言って、ある国をまとめている剣の王だ。

「私の方もさっぱりよ」

『そうか……、情報はいまだ集まらないか』

この二国のトップがこうやって話しているのは、ある問題に対してである。

普通ならば、こうやって話すことなどなかった。

お互い、いずれ潰さなければいけない相手。

神として、世界を救うという使命をルナ様より受け、自分こそが、世界を救うにたる真の王者であると証明しなければいけないからだ。

だが、このように一時的にとはいえ、話し合いの場を設けなければいけない事態になっている。

その原因とは……。

『……ユキという奴はいったい何を企んでいるんだ』

「そもそも、そのユキという人物が本当に存在するのかすら、怪しいのだけれどね」

そう、ルナ様が異世界より連れてきた、人の子、ユキ？　である。

疑問形なのは、そのユキの情報がまったくもって分からないからだ。

ないのではなく、分からないのだ。

ユキという人物の情報は調べればそれなりに入ってくる。

しかし、黒かと聞けば白、赤といえば別の答えは青、という真逆の情報ばかり入り乱れるのだ。

しかも、その情報は私たちにとって意味不明で、女好きで奴隷《どれい》を囲っているかと言う情報があれば、各国からの美姫や献上の奴隷などは受け取らないというし、ウィードの住人に話を聞けば夫婦仲睦《むつ》まじいというわけの分からない回答がくる。

では、腕っぷしや頭はどうなのだろうと調べると、最初こそ、ロシュールの姫たちを助けたている。

という話はあれど、それ以降の目立った活躍はなく、お飾りの軍での参謀《さんぼう》という役職に収まっている。

そもそも、あの人は戦いなんて好まないという話まであるのだ。

でも、冒険者ギルドで一戦交えた時は、そこそこの冒険者といい勝負の末、勝利を勝ち取ったとも報告がある。

そういうことで、分からないのだ。情報が無数に錯綜《さくそう》して、どれが真実かさっぱり分からない。

『実在するのか怪しい？』

しかし、私の話し相手であるノゴーシュは基本頭まで筋肉でできているので、こういうことを察する力は低い。

勘で戦いを進めるタイプで理路整然と考えて行う私とは基本的に相いれない。

「そうよ。ここまで情報が無茶苦茶だと、ユキという人物は実在していても、それはただのフェイクな可能性が高いわ」

『なぜだ？』

「だって、ルナ様から直々に任命されたダンジョンマスターが、自分の力を誇示しないで、セラリアとかいうお姫様にダンジョンを任せるかしら？」

『それは、そうだな。これでは、名声どころか、自分の欲を満たすのにも使えないだろう』

「そうよ。あくまでもユキはセラリア女王の盾としての側面の方が強いわ。ユキという何にもしない夫を使って、好き勝手に人事や運営をしているという方がしっくりくるわ」

『……確かに、女ですら、拒否してきたからな』

「13人も侍らせといて、追加が欲しくないとかあり得ないわ。そもそも、王族として子供をたくさん作っておくのは、義務でもある。それを拒否するというのは、セラリア女王の意思があるのよ。おそらくは偽者ね」

『では、ルナ様から任命された、本物のユキはどこに行った？』

「私の予想が正しいのであれば、そのセラリア女王がユキね。最初のロシュールのお姫様を助けたっていうのがどうも引っかかるのよ」

『というと？』

「その時点でセラリアを殺し、入れ替わった。姿を真似るなんてのは魔道具や魔物でもあるわ。実際、ウィードに行って女王になってからは、他国に出向いたという話はないわ。つまり、囮《おとり》を作って、私たちを混乱させようっていうのが狙いじゃないかと思っているのよ」

『たしかに、セラリアがユキというならば、実権は握っているし、名声や権力、富もある。筋は十分通っているな』

「連合なんてものを組み上げるにしても、そっちの立場の方がやりやすいわ」

『……連合か。まったく。厄介《やっかい》なことをしてくれたものだ』

ノゴーシュがにがにがしく呟《つぶや》く通り、この連合が組まれたことは私たちにとってかなりの痛手だ。

世界を統一して世界を救うに足る、力と才を示すということができなくなってしまった。

このままでは、いつまでたっても戦いができず、世界は５大国とそれに追従する小国群から変わることがない。

『競い合うのではなく、このような惰弱な方法で世界が救えるわけがないのだ。必要なのは他を率いる圧倒的な王者だ』

「……そうね」

この筋肉バカの言葉に同意するのは癪《しゃく》だが、私が世界を救うための叡智《えいち》を築くためにも、このような八方ふさがりの現状は打破しなくてはいけない。

だが、ユキのこのやり方には正直、賛辞の言葉をたくさん送りたいぐらいだ。

わずか数年で、よくぞここまでことを成し遂げたと。

武力でもなく、秘めたる魔術の才でもなく、ダンジョンの力を利用した、弩級の国家間外交戦略。

おそらくは、私たちとはモノの見方が違うのだろう。

人の子であるからこその視点というべきか。

なので、私としては、この筋肉バカと組むより、最終的にはウィードを取り込んだ方が後々有利になると思っている。

「そこはまあいいでしょう。今話してもまとまらないわ」

『そうだな。それを確かめるために、ファイデを送ったのだ』

「その言い方は適切ではないわね。彼は私たちに協力してくれて行ってくれたのであって、部下ではないわよ?」

『変わらぬよ。私たちの用意した農地で畑を耕して税を納めている。部下どころか本来であればただの農民だ』

このバカは……。

治世は部下に任せているから、基本的にこういう政治面はめっきり弱い。

ファイデの農耕技術がよそに行けばどれだけ大打撃か分かっていない。

「……で、ファイデはリリーシュのところに行くと言っていたわね」

『ああ。あの女がユキとは懇意だろうからな。情報も持っているだろう。ダンジョンの真実を伝えれば、ユキとは縁を切るだろうさ』

「真実……ね。ねえ、いい加減私にも、あなたが部下にしたというダンジョンマスターの紹介ぐらいしてくれないかしら? この連絡用の魔道の映し鏡をくれたのだからお礼も言いたいわ」

『残念ながら、このダンジョンマスターの力は凄《すさ》まじいのでな。失う可能性があることはできない。よって、迂闊《うかつ》に人目にさらすわけにはいかない』

そう、これがウィードを取り込みたいと思う理由だ。

ダンジョンマスターとの協力を取り付けているのは、私ではなく、ノゴーシュなのだ。

つまり、現状のパワーバランスはノゴーシュの方が強い。

ダンジョンに関しての情報は必要最低限で、誰がダンジョンマスターなのかも知らされていない。

まあ、私が知らないのだから、ルナ様がユキとは別に、昔、現地人をダンジョンマスターにした生き残りなのだろうが。

昔はただの多少便利な拠点ぐらいの認識だったが、ユキの使い方を見て、ぜひとも部下に欲しいと思った。

それを、ノゴーシュに先を越され、焦《あせ》りがあるというわけ。

「私は魔力を供給しているのよ？　それぐらいの権利はあると思うのだけれど？」

『……たしかに。ノノアの膨大な魔力のおかげで、ダンジョンからの供給がスムーズに行っているのは事実だな』

あら？

今日はもうひと押しすれば何かしら情報が得られそうね。

いつもなら、怒って話がなしになるのだけれど。

「まあ、機密であり、下手に人目にさらせないというのは分かるわ。だからせめて、名前だけでもいいから教えてくれないかしら？　いつまでもダンジョンマスターなんていうのはあれでしょう？」

『……そのぐらいならいいか。ダンジョンマスターの名前は、ビッツ・ランクスという女だ』

「そう、ビッツ・ランクスっていうのね。今度、何かプレゼントでも見繕《つくろ》って送るわ」

『そうか、それは助かる。彼女も最近警備の厳しさで鬱屈《うっくつ》としているようなのでな』

「そうなのね。何か心が安らぐようなものを用意しておくわ。と、そろそろ魔力が持たないわね」

『分かった。次の連絡は3日後でいいか？』

「ええ。3日後には魔力が鏡にたまるから、連絡を取りましょう」

そう言って、バカとの連絡が終わる。

そして、鏡には美しい私の姿が映る。

あの疲れる会談が終わっても、なお衰えない美貌と溢《あふ》れる才。

水晶のように青白い髪が少しだけ乱れている。

髪が長いと、座るっていう行為すらも気を使わないといけないのが難点ね。

「しかし、ビッツ・ランクスって、異世界の勇者に追い出された、ランクスの姫の名前じゃなかったかしら？」

思わぬ情報がバカから聞けたので、こっちはこっちで情報を集めましょう。

でも、あのお姫様がダンジョンマスターなんて聞いたことがないし、年が若すぎる気がするのだけれど、まあ調べてみないと分からないわね。

私はいまだ、ダンジョンマスターの力を正確に把握《はあく》していないのだから……。

「さて、ウィードの方はファイデからの情報待ちだし、今はロシュールの工作に力を入れる方がいいわね。誰か‼」

「はい。お呼びでしょうか？」

「会談は終わりました。少しの休憩の後、ロシュールへの話し合いの方を詰めたいと思います。各部署に連絡を入れておいてください。会議室で行います。あと、他のほうはまだ動くなと」

「かしこまりました」

そう言って、メイドが下がる。

その手には木製の指輪がはめられていて、杖《つえ》の代わりになるものだ。

性能も並ではなく、通常の杖の3倍ぐらいは効率が違う。

私の、数百年に及ぶ研鑽《けんさん》のおかげで、この魔術国における攻撃魔術の使用可能者は90％以上という驚異の数字をたたき出している。

これはほぼすべての国民が魔術師として戦争に参加できるということだ。

ここまで頑張ってきた魔術国を、ぽっと出のルナ様頼りの男に潰されてなるものですか。

「というか、私との面会をよくも断りやがったわね‼ 絶世の美女である私との面会を断るんだから、ユキが男なわけないじゃない‼」

そう、実を言えば、ウィードができた頃、ロシュールを伝手《つて》に会談を申し込んだのだが、却下されたのだ。

なにが、ユキ様は国防のためウィードから離れられませんよ。

あんたが偽者だから動けなかっただけでしょうに‼

「まあ、あの屈辱を晴らしたあと、部下に迎えればいいのよ。まあ、私との差を見て絶望するしかないでしょうけど」

Side：ユキ

今日も、お仕事が終わって、お家で一家団欒。

はぁ、癒《いや》されるね。

「ぱぱー」

「はいはい。どうした、サクラ？」

「だっこー」

「わたしもー」

「よしよし。スミレも一緒に抱っこだな。よっと」

「「きゃー」」

うむ。

娘は可愛《かわい》い。

最近は語彙《い》も増えて、自分のやって欲しいことを一生懸命喋《しゃべ》るのがたまらん。

横で見ているセラリアとルルアも娘たちを見て微笑《ほほえ》んでいる。

「あらあら、パパが大好きねー」

「そうですね。旦那様が大好きですね」

そうでないと困る。

娘たちに嫌いとか言われたら、一か月ぐらい引きこもりそうだ。

「そういえば、ノノアの名前を聞いて思い出したのだけれど、ウィードができた頃に面会の希望が来てたのを覚えているかしら？」

「え？　そんなのがあったか？」

「まあ、ノノアだけじゃないし、山ほどあったからね。でも、あの時の即断は驚いたわよ」

「ええ。大陸一の絶世の美女と言われる、ノノア様の面会の希望を特に悩むこともなく……」

『いや、ダンジョン外に出るとかあり得ないし。絶世の美女とか興味ねーし』

「で、即座に無理の返事を書くように言い渡されました」

ああ、そんなことがあったのか。

「正直あの時、あなたと結婚できたのがどれだけ奇跡かと思ったわ」

「はい。絶世の美女ですら一蹴でしたから」

「いや、大事なのは、こうやって仲良くやれるかだろう? なあ、サクラとスミレも仲良くできる人の方がいいよな?」

「うん」

「なかよくー」

そうそう、人は仲良くすればいいんだよ。

美人だから、神だからとか言って意地を張るとか勘弁《かんべん》願うわ。

第427掘：おまえは何を言っているんだ

Side：ユキ

さーて、ヴィリアたちを無事に保護して、冒険者ギルドに戻ってきたのだが……。

ドゴーン!!

なぜか、爆音が響いて、ギルドの出入り口からおっさんが飛び出してくる。

そして、反対側の壁にぶつかり止まる。

しかし、その状況でも冒険者区の皆さまは特に動じた様子はない。

「また誰かギルドの受付に手を出したのか？」

「最近、またよそから冒険者が来てるからな。ルールを知らないんじゃないか？」

「あ、ゴブリン隊が来たぞ」

気が付けば、ひっくり返っているおっさんは、スティーブたちに囲まれて、担架に乗せられている。

今日はあいつここの当番だったのか。

あまり、スティーブが軍活動以外で仕事をしている姿を見たことがないので、なんとなくそのまま様子を眺めている。

「はぁ、またっすか。とりあえず、息はしているっすし、このおバカは病院の方へ。壁の方に損傷はないっすね。よし、おいらは、ギルドの方に事情を訊いてくるっす」

　スティーブはそう言って、ギルドの方へ入っていく。

「よくあるのよね。受付の女性に言い寄ってくる馬鹿とか。女性冒険者の無理な勧誘とか」

「そうですね。先輩の女性の冒険者からは注意するようにと言われています」

「私たちは可愛いから特に気をつけなさいって。ぬふー。ヒイロは可愛い」

「そうか」

　いや、可愛いのは否定しないけど、きっと君たちに手を出そうとするのは、よほどのアホか、ただのロリコンだと思うぞ。

「とりあえず、俺たちの方も報告に行こう」

「そうね。あの馬鹿たちが今頃変なことを言ってるのでしょうし」

「はい。早く止めないと私たちが悪者にされてしまいます。そんなのはあんまりです」

「ヒイロたちは悪くない。しょーこもある」

　道すがら、あの冒険者たちはロシュールの大臣に雇われていて、何か悪だくみをしていること。それを偶然、清掃中にヴィリアたちが聞いてしまい襲われる羽目になったそうだ。

　録音の方はギルドの中で聞くつもりなので、まだ詳しい内容は知らない。

　外で聞くわけにもいかないからな。

さて、どのみち面倒ではあるけど、俺たちの本業と関わって欲しくないなー。

なんてことを考えながら、ギルドに入ると、一人の受付嬢がハンマーを床に下ろして仁王立ちしていた。

なるほど。この子がさっきの冒険者を叩き出したのか。

ロックから聞いた話だが、基本ギルドの職員は簡単に分けて、冒険者からなったものと、事務処理が専門で優秀な者がいるという。

冒険者からギルド職員というのは、色々な諸事情で冒険者を続けられなくなり、別の働き口として冒険者ギルドの職員になるのだ。

このタイプは、腕っぷしが重要で、今回みたいに言い寄ってくるアホや、文句や脅《おど》しなどをかけてくる馬鹿から受付や職員を守るためにいる。

無論、守るためなので、かなりの腕っぷしが必要で、盗賊を討伐《とうばつ》できるぐらいのランクは必要だそうだ。

ハンマーを持っている受付嬢もそれぐらいの強さなのだろう。

駆け出しや少し魔物が倒せるぐらいではどうにもならない相手だ。

あ、ちゃんと計算はできるよ？　それができないと受付とか無理だし。

次に、事務処理、専門で職員になるタイプは、文字通り、計算が速く、書類がしっかり作れて、モンスターの素材の優劣の判断などの仕事で、受付ではなく、裏方で働く人々だ。

ま、今は関係ないので割愛《かつあい》。

「フッー‼　フッー‼」

「え、えーと、で、本日は何があったんすか？」

ハンマーを持った受付嬢は顔を赤面させて肩で息をしている。

たしか、ミリーから紹介されてたな。ナンナだっけ？

よほどご立腹だったらしい。

そんな女性に、こうなった原因を聞くのは少々どころか、俺ならパスしたいぐらいだ。

ま、治安の向上のため、そして受付嬢がむやみに暴力をふるったなどと言われないためにも、ちゃんとした事情把握が必要なのだ。

だから、スティーブ頑張れ‼

「スティーブの旦那。ナンナ嬢は何も悪くねーよ。馬鹿が、フラれてデブだのブスだの言ってきたんだよ」

「そうそう。ああなって当然。しまいにゃ、身の程をわきまえず、腕をつかんで連れ出そうとしやがったからな。ナンナ嬢のランクはいくつだと思ってやがるのか」

おいおい、ちょっとしたトラブルかと思えば、結構やばい話じゃん。

強姦一歩手前。

これが、嫁さんたちに知られたら処刑されるかもな。

ナンナのどこがデブでブスか、俺にはまったく理解できないね。

ミリー並みに胸があり、スタイルは冒険者をしていただけあって、すらっとしている。

相手にされなかったのが悔しくて咄嗟に言ったんだろうな。

「なるほどっすねー。でも、さすがにそこまでのことが起こって、ギルドマスターとか副マスターは出てこなかったんすか？」

「ああ、なんか二人とも、ロシュールからのお偉いさんが来て、その対応しているみたいでな。向こうもなんかえらく怒っていたから」

「なるほどー」

あ、これってヴィリアたちが言ってた馬鹿共の話じゃね？

なるほど。どうりで受付のところに姿が見えないはずだ。

すでに上の個室の方へ行ってたわけか。

「ここらへんで見物はやめとくか。上に馬鹿共が来てるみたいだし」

「はい。分かりました」

「わかったー」

「あの、馬鹿共。許さないんだから」

そう言って、二階に上がろうとする前に、スティーブとナンナに声だけかけておく。

「スティーブ。俺はロシュールのお偉いさんの方に行くから、こっちは心配するな」

「あ、うっす。よろしく頼むっす」

「ナンナも災難だったな」

「あ、ユキさん。どうもお騒がせしました……」

なんかシュンとしてるな。

騒ぎを起こしたから当然か。

「いや、ナンナが無事でよかったよ。あと、ナンナが抵抗せずに連れていかれたりとかしたら、ミリーがたぶんブチ切れるだろうからね。ナイス判断だと思うぞ」

「あー、そうですね。ミリー代表ならそれぐらいしますね」

「そうそう。そういう意味で、人の命を救ったんだからそこまで気にするな。何か問題があるなら、ミリーとか、俺にでも相談するといい」

「はい。ありがとうございます」

ちゃんと笑顔になったことを確認して、二階に上がっていく。

ああいうフォローをしとかないと、ウィードの評判が落ちるからな。

小さいことからコツコツと。

「そういえば、リーア、クリーナ。馬鹿共の部屋の手配の方は？」

「ジェシカに連絡して調べさせていますよ」

「ん。抜かりはない」

なら大丈夫か。

万が一証拠不十分とかで釈放しても、証拠隠滅されることはないだろう。

そんな確認をしつつ、ギルドマスターの部屋に近づくと怒鳴り声が聞こえてくる。

『貴様、何をそんな悠長に聞いておる‼』

『そうは言われましてもなー』

『もう一度言うぞ‼　冒険者ギルドのガキ共が、私たちの邪魔をしたのだぞ‼　これは国際問題に発展するぞ‼』

『しかし、そんな所で会談などという話は伺《うかが》っていませんが？』

『それは、交渉《こうしょう》事には秘めねばならんこともあるのは知っておるだろう‼　そこに子供が遊びと称して入ってきたのだ‼　これは完全にそちらの落ち度だ‼』

『はぁ。で、そちらは何をお望みで？』

『この問題を表ざたにせぬ代わりに、あの子供たちの身柄を引き受ける。万が一、交渉の内容を聞かれていては国益を損なうのでな』

『なるほど。その子たちの身柄を引き渡さないと、問題にするということですな』

『そうだ‼　最初からそう言っている‼』

『それは無理な話ですな。彼女たちの身元引受人はセラリア女王陛下ですからな。女王陛下のご許可がない限り、そういうことはできません』

『ええい‼　女王陛下に話を通せば、ギルドの落ち度も伝わるのだぞ‼　適当に理由をつけて引き渡せばいいのだ‼　そもそも私はロシュールの大臣だ‼　私の意思はセラリア女王陛下の意思だ‼』

なるほどねー。

なんとしても、ヴィリアたちと会話をさせたくないわけか。

まあ、始末するように指示を出していたし、ヴィリアたちが死体で見つかればそれはそれで問題がある。

だから、この時点でヴィリアたちを自分たちがもらい受けたということにして、あとはどうにでもなると思っているわけか。

ま、すでにその目論見は崩れているわけだが。

ヴィリアたちが、始末しに追いかけてきた奴らは返り討ちにしたし、最初から、お前らは怪しいとして、調べていて、こんなことになったんだし、もうセラリアの方にも連絡がいっているだろうからな。

しかし、セラリアの故国だからってもの凄いこと言ってるな。

もうちょっと聞いていたい気もするけど、面倒になりかねないし、ここは一気に畳みかけますかね。

「おじゃまするよ。ロック、キナ」

俺は、そう言って気軽に部屋のドアを開ける。

そうすると、俺たちに視線が自然と集まる。

「よ、ユキ。来たな」

「あ、やほー。ユキさん」

「おう」

そう、俺とロック、キナは気軽に挨拶するのだが、俺の後ろにいるヴィリアたちを見て、挨拶もせずに動揺する馬鹿共。

それじゃ、自分たちが何か悪いことをしてましたよ。と言っているようなものだ。

「つ、捕まえろ‼　あのガキどもを捕まえろ‼」

「「はっ‼」」

取り巻きの連中がこっちに襲い掛かってくるが、俺たちがいるのに気が付かないのか？

とりあえず、一人を俺が止めて、リーアが一人、クリーナが一人で完全に止める。

というか、気絶させたので、そのまま三人が崩れ落ちる。

「き、貴様ら‼　私の邪魔をするな‼」

いや、貴様らって俺が誰なのかも分かってないのか。

そういえば、このおっさんはロシュールのお偉いさんとか言っていたけど、俺とは面識ないんだよな。

そこは、あとで詳しく聞くか。

ありがたいことに、俺に暴言および護衛《ごえい》をけしかけたことで、捕縛理由としては十分だし。

一発ノックアウトで引っ張っていこうと思っていた時……。

「貴様こそ何をしているのかしら？」

後ろから、凄い声が聞こえた。

そこまで大きくないのに、その場の全員に聞こえて、騒いでいたおっさんもおとなしくなる。

いや、俺としてはよく聞く声なんだけどね。

「セ、セラリア女王陛下⁉」

おっさんが言う通り、この声は嫁さんのセラリアだ。

どうせロックがコールで音声をセラリアにでもつないでいたんだろうな。

完全に怒っているのが見なくても分かる。

「そうよ。このウィードの女王、セラリア。で、もう一度聞くけど、ロシュールの大臣である貴様はここで何をしているのかしら？」

「そ、それは……」

おおう、セラリアのにらみで完全にビビってますな。

まあ、実戦経験豊富なセラリアと内政で忙しい大臣とでは迫力が違うからな。

「それは？」

「そ、そうです‼　そこの男がかばっている子供が大事な交渉事の邪魔をしたのです‼　その子供たちは冒険者だというので、冒険者ギルドの方に引き渡しを頼んでいたのです‼」

おいおい。俺を知らなすぎるだろう。

セラリアは俺を侮辱されたのと、ヴィリアたちを悪者扱いした発言で、すでに無表情になっている。

気が付くと、ロックとキナ、リーアにクリーナもセラリアから遠ざかっていたり、耳をふさいでいたりする。

俺も、耳をふさいでおくかねー。

第428掘：かがくのちからってすげー

Side：セラリア

「それは？」

「そ、そうです‼　そこの男がかばっている子供が大事な交渉事の邪魔をしたのです‼　その子供たちは冒険者だというので、冒険者ギルドの方に引き渡しを頼んでいたのです‼」

なにかしらこの馬鹿は？

今のロシュールはこんな奴を大臣に据えているの？

クソ親父の人事かしら？

いえ、アーリアお姉様がこんな馬鹿を大臣に据えるわけないし、クソ親父のしがらみ関連でしょうね。

……あ、なるほど。

あのクソ親父。この手の馬鹿をウィードに送り込んで自滅させたかったのか。

こうやって、馬鹿共が問題を起こしてしょっ引かれれば、その派閥は勢力を削がれる。

ついでに、私たちへロシュール国内に敵対勢力がいるって伝えたいわけね。

……理屈は分かるけど、人の庭にゴミを撒かれて嬉しいわけがないから、子供たちとの面会拒否を3か月ぐらいしておこう。

と、クソ親父の狙いは分かったし、ボコボコにしないとね。

「とりあえず、正しい認識を教えてあげましょう。貴様がそこの男呼ばわりした人は、私の夫、ユキよ」

「なっ⁉　こ、こんなみすぼらしい男が⁉」

みすぼらしくないわよ。

お前みたいに、ごてごてした服を着ていないだけで、シンプルな服でまとめていて、清潔感があって、どう見てもかっこいいでしょう‼

いけない。落ち着いて、このまま怒りに任せて斬り捨てるのは問題になりかねないから、ちゃんと言質をとらないと。

「あと、子供たちは私の知り合いなの。私が保護者同然なのよ。何があったか詳しく言ってくれないかしら？　なぜ、子供たちを引き渡す必要があるのかしら？」

「も、申し上げた通りです。……秘めなければいけない交渉の内容を聞かれました。このままでは国益を損ないます。しかも部屋の中に遊びに入ったのです。非は明らかに、その子供たちであり、女王陛下といえど……。そう‼　手出しは無用ですぞ‼」

なんか、自分は正しいことを言っていると自信が付いたのか、最後には大声になっている。

取り巻きの護衛共もうんうんと頷いている。

しかし、そんなことがあるわけがない。

この子たちが人様の家に無断で入り込むわけがないわ。

「そう。なら、この子たちに直接聞いてみましょう。三人とも、人の部屋に無断で入ったのかしら？」

「いえ。そんなことはしていません」

「してないもん」

「するわけないわよ。そもそも、それだけ護衛がいて、どうやって子供が遊びに入れるのよ？」

ドレッサの言う通りね。

何のための護衛か分からないわ。

「ぐっ……。い、いや、女王陛下はその子供たちの話を鵜呑《うの》みにするのですかな？　あきらかに嘘をついていますぞ？」

鵜呑みも何も、状況的にあり得ないでしょうに。

あと、あきらかに嘘をついているのはお前よね？

「なるほど。この子たちが罪逃れに嘘をついているというわけね？」

「その通りです‼　さ、ユキ殿、引き渡しを‼」

……しれっと、ユキ殿に呼び方が変わっているわね。

ははっ、夫の名前を軽々しく呼ばれて頭にくるというのはなかなかないわね。

「いや、渡せませんよ」

だけど、夫がそんなアホな要求に頷くわけもなく、即答で拒否する。

「な、なぜでしょうか？」

「なぜも何も、そちらもこの子たちが入ってきたという嘘を言っている可能性もあるじゃないですか」

「そ、そんなわけがあるか‼　無礼だぞ‼」

「いや、無礼って一応、私は女王陛下の王配なのですけどねー。まあ、そこはいいでしょう。疑われたという心情はくみ取りましょう。でも、それだけでこの子たちを渡す理由にはなりません」

「ええいっ‼　外交に関わることだぞ‼　女王陛下の故国ロシュールが不利になるかもしれんのだ‼」

この程度で不利になるならさっさと滅んでしまえと私は思うのよね。

「故国だろうが関係ありません。私は自分の国の人々を守るのが義務です。そもそも、その聞かれると困るような話をなぜ、このウィードの、しかも、冒険者区の普通の宿で行っているのでしょうか？　ちゃんとした会議場所は各国に提供しているはずですが？」

「何度も言っているだろう‼　秘め事のため、こちらでやることになったのだ‼」

「つまり、そちらの勝手で冒険者区の宿を利用して、まあ百歩譲って、この子たちが部屋に侵入したとしましょう。それで聞かれたのはそちらの落ち度ですし、ただの子供のいたずらで身柄を引き渡せとは、なかなか大袈裟ですね。それとも何か？　この子たち、ウィードの冒険者などに聞かれては困るような内容だったのでしょうか？　たとえば、ウィードに伝わればロシュールが不利になる秘め事とか？」

「……」

夫のいやらしい質問に、返答できなくなっている。

さすがというべきか、ここまでよく口が動くものねー。

「ふむ。黙っていてはやはり疑ってしまいますね。では、ここは一つ。この子たちが聞いてしまったという内容を聞いてみましょうか」

そう言って夫がヴィリアたちに向き直ろうとすると、大臣は慌てて待ったをかける。

「待て‼　子供たちはどうせあることないことを言うに決まっている‼　聞くに値しない‼　信ずるに足りない‼」

「そうだ。子供の言葉など聞くに値しない‼　信ずるに足りない‼」

「「そうだ‼」」

大臣の取り巻きたちは同調して、ヴィリアたちの言葉を最初から嘘だと決めつけにかかっている。

本来であれば、大臣と子供の言葉、どちらが重く正しいと認識されるのか？　といえば、無論大臣だ。

しかし、今回は色々な意味で、大臣に分が悪かったのよね。

まさか、私たちが出てくるとも思わなかったでしょうし、子供三人がギルドまで無事に戻ってくるとも思わなかったでしょう。

そして、とどめに例のあれがあるのよ。

夫の故郷での常套手段。

『待て‼　子供たちはどうせあることないことを言うに決まっている‼　聞くに値しない‼　信ずるに足りない‼』

『そうだ。子供の言葉など聞くに値しない‼　信ずるに足りない‼』

『『そうだ‼』』

たった今放たれた大臣たちの声が、なぜか夫から聞こえてきて、大臣たちが驚きで静かになる。

「私は喋っていないぞ？」

「私もです。いったい何が……」

その姿を見て夫はおもむろにポケットからICレコーダーを取り出す。

「先ほどのことは、これを使ってやったんですよ。音を記録できる。魔道具と言っておきましょうか。ほらこんな感じにね」

『先ほどのことは、これを使ってやったんですよ。音を記録できる。魔道具と言っておきましょうか』

さらに自分で実演をする夫。

ちなみにコールでもこのことが可能だけれど、魔道具としてはいまだにできていない。

ザーギスやコメットの頑張りが期待されるわね。

「さて、これが、音を記録するというのは分かっていただけたと思います。で、この魔道具ですが、大臣たちが知らないように、まだまだ流通させるのには程遠く、改善点などや使いやすさなどの意見が必要でして……」

この時点でようやく大臣たちは夫がなんで子供たちに発言させようとしているのかを理解したのか、顔が真っ青になる。

「ま、まさか!?　その子供たちに!?」

「ええ。私たちと縁の深い子たちですからね。同じような試作機を渡しているんですよ。だから、ヴィリア、再生を」

「はい。お兄様」

「ま、待てっ!!」

「いえいえ。これでお互いの誤解も解けるのですから」

止めに入る大臣を夫がやんわりと、しかし絶対通さないように押さえている間にその録音が再生される。

『他の国が黙っちゃいませんよ？』

『そんなのは、ロシュールを私が牛耳ればどうにでもなる。王が代わったというだけだ。国の政変に口など出せんよ。ウィードを攻めるというのも、直接的ではない。内部に人員を送り込めばいいだけだ。気が付けば、我々の思い通りよ』

『なるほど、先にウィードではなく、三大国の一角を取ってから、堂々と工作員を送り込むわけですか』

『そうだ。セラリアの小娘がどう拒否しようと、国の方針だから逆らえん。下手に拒否すれば他の国も、ウィードに不信感を持つだろう。そうなれば、こっちの思うつぼよ』

『では、ウィードでの工作は？』

『うむ。一時中断だ。まったく、この街は面倒極まりない……』

バンッ‼

ペン。

『あう』

『なんだ。子供か……』

『あ、お前ら‼』

『何をそんなに慌てている？　ただのごみあさりだろう？』

『こいつら、こんななりでも冒険者です‼　このことを報告されるとまずい‼』

『何っ⁉　お前ら、このガキ共を捕らえろ‼』

部屋が静まり返る。

私も内容は知らなかったけど、まさか、ロシュールを牛耳ろうとしていたとはねー。

でも、なぜかしら？　なんでウィードに手を出す必要があったのかしら？

ま、そこはヴィリアたちが聞いていることを詳しく聞くか、こいつらを捕縛して、尋問なり家宅捜索でもすればいいわ。

「ち、違う⁉」

白い眼で見られる大臣たちは部屋の隅に固まっている。

出入り口は私と夫が固めているし、窓はない。

最初から逃がす気などなかったのよね。

「何が違うのかしら？　先ほどの話は国家反逆罪が十分適応されるわよ」

「それはロシュールが行うことだ‼　ここで私を捕縛すれば外交問題だぞ‼」

あら、開き直るのね。

まあ、認めてくれてやりやすくなったわ。

「あら？　子供たちは路上で清掃をしていただけと、あなたの言葉から確認はとれたし、この子たちに対して、婦女子暴行、および誘拐未遂、傷害、などなど諸々の罪状で、ウィードが身柄を確保するには十分ね」

「くそっ‼　ならば、ここの全員を仕留めれば……あれ？　お前ら、なぜ倒れて……」

最後にはお約束の暴れを選択しようとしたみたいだけれど、すでにロックとキナが動いて、護衛と思しき取り巻きは気絶させられている。

冒険者ギルドのマスターと副マスターだからこの程度の相手はどうにでもなるのよね。

私の方もさっさと始末をつけましょう。

剣を引き抜いて、大臣に突き付ける。

「さて、私の剣で四肢を切られた後、拷問《ごうもん》されて喋るか。おとなしく捕まって、喋って、引き渡されるか。好きな方を選びなさい」

「な、なぜ、剣が、武器が使えるのだ……」

「……いや。ウィードの警察や重要人物には武装させるって普通に説明あるけどな。無論、ウィードのトップも例外じゃない。って、これ本当に大臣か？」

夫がそう説明して、私にあの生物の身分を聞いてきた。

「いえ。こんな馬鹿は見たこともないわよ。どうせ身分も偽っているんじゃないかしら？　ロシュールの視察団の方から外出届とかは出てないわよね？」

「あー、個人で来たとかいうのもありそうだな。ま、それも含めて喋ってもらおう。で、どうする？　剣で切り刻まれるか、おとなしく喋るか？」

夫がもう一度通告すると、馬鹿は膝を折っておとなしくなる。

それを、外に控えていたスティーブたちが捕縛して運び出していく。

なにやら、一階の方でもトラブルがあったらしくちょうど来ていて、どうせこっちも捕縛するだろうからということで、スティーブが部隊を回してくれていたみたい。

それを見送ってから、ヴィリアたちに向き直る。

「さて、ここじゃなんだし、庁舎の会議室の方で詳しい話を聞きましょう。ロックとキナはどうする？」

「あー、キナ。行って来い。俺が冒険者ギルドを預かる」

「え⁉　わ、私ですか⁉」

「いい加減お前も、こういうことに慣れとけ」

「わ、分かりました。ご、ご迷惑かと思いますがよろしくお願いします」

「そんなに固くならなくていいわ。いつもの感じでいいわよ」

「あ、そう？　じゃ、よろしくね。セラリア」

そうキナが言った瞬間、頭にロックのげんこつが落とされる。

「いったー⁉　な、なんですかロックさん⁉」

「馬鹿‼　公私ぐらい分けろ‼　今は友人としてではなく、女王陛下として来ているんだからな‼」

その姿に、少しだけ空気が和む。

でも、これからまた大変ね。

クソ親父とアーリアお姉様に連絡をしないと。

第429掘：違和感と答え

Side：ユキ

はぁ、やっぱり俺のお仕事に関わる内容だったよ。

あのあと、庁舎の会議室に場所を移して、ヴィリアたちに詳しく話を聞いたのだが……。

『ええい、うるさい‼　もう、ノノア殿に頼んで、ロシュール王都を占拠してもらう‼　その勢いに乗って、このウィードも攻め取ればいいだろう‼』

との、言葉があって、慌てて録音を開始したとのこと。

ひゃっはー‼

もう、向こうも結構動き出していますね。

ウィードが鉄壁すぎて、やりやすいところから行くつもりな魂胆が丸見えだわ。

ともかく、この話を聞いて、セラリアは親父さんとお姉さんの方に連絡をとって、あの馬鹿の家の捜索を頼んでいるらしい。

ここまで、大きく言ったんだから、よほどの自信があるってことで、ちゃんとした書類を作っている可能性が高いのだ。

それを処分される前に、迅速に確保する必要があるというわけ。

ノノア魔術国に対して危機感がなかったロシュールも、これで本腰を入れて動き出すだろう。

たぶん、ガルツやリテアも同じような工作が行われている可能性があるから、これも連絡をしないといけないので、シェーラやルルアも連絡を取るために会議室から出ている。

もちろん、冒険者ギルドから来た副マスターのキナも慌てて報告に戻った。

「しかし、何を思って行動を起こしておるのか、ちょっと分からんのう」

デリーユはそんなことを呟く。

「え？　ウィードの邪魔をしたいんじゃないの？」

「リエルの言う通りじゃないんですか？」

その言葉にリエルは反応する。

トーリも横で首を傾げている。

「無論、リエルやトーリの言う通り、最終的な目標はウィードの邪魔というか、打倒じゃろうがな。じゃが、あからさますぎる気がするんじゃよ」

「ああ、なるほど。確かに、行動が直接的になってきていますね」

「そういうことですか。大臣たちの話が確かなら、ノノアがバックについて、ロシュールをどうにかするとか、ウィードに手出しをする準備に自分の名前を使っていることになるんですよね」

「普通なら、適当な支援ぐらいでしょう？　わざわざ、自分の立場が悪くなるような所で本名なんて使わないし、しかも、あんな馬鹿を手足に使うことはないわね」

デリーユの言葉に、ラッツやエリス、ミリーも同意する。

「……どういうこと？　リーアは分かる？」

「いえ、全然。クリーナは？」

「ん。政治はよくわからない」

この三人は特化型だから、クリーナは考えているようで絶対考えてないよな。

カヤ、リーア、クリーナは特化型だから、まあ、仕方ないと言えばそれまでだが。

「……もうちょっと、カヤやリーアは勉強した方がいいですね」

「クリーナさんは魔術一筋すぎますわね」

「「「いや、それほどでも」」」

「「褒めていません」」

このやり取りもなんか定番化してきたな。

嫁さんたちの仲が良いようで嬉しい限りだ。

「旦那様。お茶の準備が整いましたので、いったん休憩を入れられてはどうですか？　ヴィリア様たちもおられることですし」

「あ、そういえばそうだな。キルエ、頼むよ」

「はい。かしこまりました」

子供たちの方は、サーサリとアスリン、フィーリア、ラビリスが面倒を見ているし、ヴィリアたちはこの会議に気安く話せる人はいないだろうからな。

そのヴィリアやヒイロはやっぱり緊張しているのか、キルエにお茶を出されてペコペコ頭を下げている。

「ヴィリア、ヒイロ、大丈夫か？」

「あ、ひゃい‼　大丈夫れす‼」

うん。ヴィリアはダメだな。緊張しまくっている。

仕方ないけどな。

このメンバーとは一応知り合いではあるが、ほぼ全員がウィードの元代表たちで、今の立場ものの凄く高い。

真面目なヴィリアにとって、こういう会議の場所に参加するのは初めてだしな。

「ヴィリお姉は緊張しすぎ。お姉たちは何も変わらない」

「ヒ、ヒイロ‼　こういうちゃんとした場所で、そんなもの言いは‼」

「まあ、落ち着け。もう元だからな。一応治安維持《いじ》のためではあるけど、面倒な礼節はいらないから大丈夫だよ。最低限できればいい」

「ほら。お兄も言っている」

「も、もう。お兄様、ありがとうございます」

これで少しは緊張がほぐれたみたいだな。

話を聞くために連れてきたのは俺たちなんだから、もうちょっと気を遣うべきだったな。

キルエに感謝だ。さすが、本職のメイドさんだ。

「……ねえ。私に何か一言ないわけ？」

「ん？　どうした、ドレッサ？」

「……何でもないわよ。キルエ、私はミルクティーがいいわ」

「はい。かしこまりました」

なぜかブスッとしてそっぽを向く。

何かしたか？

ヴィリアたちよりは付き合いが短いとはいえ、新大陸の時から俺たちの本当の活動について知っているから、裏事情はヴィリアたちというか、下手するとこちらの重鎮よりも詳しかったりするし、ドレッサ本人は元お姫様で、この程度で委縮するようなことはない。

「何と言いましょうか……。私たちとしてはどうするべきでしょうねー」

「いや、傍観でいいじゃろう。向こうから何も言ってこんのじゃし」

「そうね。それで私たちが勝手に動くのは余計なお世話でしょう」

「見ていて楽しいし、私もそれでいいと思うわ」

「いやー。僕としてはあの性格だと、永遠に駄目そうだけど……」

「うーん。なら、少し話を聞くぐらいはいいんじゃないかな？」

「……それがいい。きっかけがないとあれは動かない」

「若いですねー」

「ん。青春」

「二人もそこまで変わらないでしょうに」

「ですわね」

なんか、嫁さんたちは勝手に盛り上がってるな。

俺だけ置いてけぼりな気もするが、休憩できているならいいか。

俺もこの間に喉でも潤《うるお》すとしよう。

ずずっとお茶を啜《すす》る。

若いときは熱いお茶は飲む理由が分からなかったけど、今となってはありだよなー。

で、そんなこんなで休憩後、会議が再開する。

「さて、さっきの話は、なんでノノアの名前があっさり出てきたのかってところだな」

「そうですね。そこの意味が分かりませんねー」

「あっさり出てきすぎじゃな。これではノノアがばれても構わないと思っているみたいじゃ」

そう、デリーユの言う通り、普通なら、聞いたことのない秘密結社とかを作ってそれ経由で色々仕掛けてくるかと思えば、あっさりとノノアの名前が出てきた。

このままだと、一気にノノアの国の評判が傾いて経済的に不利になる。

「ああ、なるほど。みんなが言ってることが僕ようやく分かったよ。ばれると経済制裁とかで追いつめられるのに、なんでこんなことをしたのかってことだよね？」

「そうよ。ある種の自滅に近いわ」

リエルの回答にミリーが答える。

だが、リエルはさらに続ける。

「でもさ、ファイデさんの話によれば向こうにもダンジョンがあるんだし、どうにかできると思ってたんじゃないかな？」

「「「え？」」」

そこで、会議室全体が止まる。

相変わらず、リエルは核心を突いてくるな。

「なるほど。無謀《むぼう》なことをしたわけではなく、勝算があるから堂々としているわけじゃな」

「でも、そんなことをすれば連合を作られて攻められますよ。これのどこに勝ち目があるんですか？　そもそも、真っ向から勝負して勝てるなら、さっさと動いているのでしょう？」

デリーユの意見にラッツがそう言う。

確かに、最初からぶつかって勝てるなら堂々と動けばいい。

でも、こんな回りくどいことをしているのには理由があるはず、なんだ？

「……ちょっと待ってください。この図式。私は見覚えがあります」

エリスが何かに気が付く。

見覚えがある？

どこでだ？

「……これは、ヒフィー殿のやり方ではないですか？」

「「あっ⁉」」

そうか、これは相手を挑発して、誘い込んで、餌、ＤＰに変えるための戦法か‼

というか……。

「本来あるべきとされたダンジョンマスターの戦法だな。ということは、ちょっと待て‼　まずい‼」

俺は思わず大声をあげて叫んでしまった。

「ひゃわ⁉　ユ、ユキさん⁉　ど、どうしたの⁉」

リエルは驚いているが、構っている暇《ひま》はなかった。

なぜなら……。

「ロシュールだけが仕掛けられたなんてのは楽観的すぎる‼　ヒフィーの時は大国同士が険悪で連合が組まれることはないから、一国ずつ、小国群ぐらいを相手になんて考えだったが、すでにこっちの大陸は連合が組まれている。つまり……」

俺が最後まで言う前に気が付いたのか、ラッツも慌てて席を立ち、口を開く。

「なっ⁉　ロシュールに仕掛けたってことは、他の国にもあからさまな、宣戦布告を行っているってことですか⁉」

「多分な。セラリアとルルア、シェーラに至急連絡を‼　ラッツ、エリス、ミリー頼む‼　迂闊に話を広めれば、勝手に近場で連合を組んでノノアやノゴーシュの方に攻めかねない‼」

「「「はい‼」」」

大慌てで連絡を取るのは三人に任せて、話を詰めないといけない。

思ったよりも、事態が深刻だ。

「話を止めてもらうように動いているが、それも時間稼ぎにしかならないのは明白だ。ここまであからさまに動いてきたんだから、こっちの動きが鈍いのなら分かりやすい挑発に切り替えてくるだろう。三大国はともかく、それに従う小国家群までフォローはできない。どう説明しても、功名心や利権目的で勝手に動くところが出てくる。それどころか、ダンジョンを制御したなんて向こうが言えば、自国内にあるダンジョンの制御に乗り出して、連合から離脱してでも自国の強化に乗り出すところも出てくるかもしれないし、呼びかけを行えば、ノノアとノゴーシュの方に付くところも出てくるだろうな」

「……それ、とってもまずくない？」

カヤの言う通り、とってもまずいどころか、大戦乱になりかねない。

しぶしぶ連合に参加していたところは、ノノア、ノゴーシュの方に付けばいい立ち位置につけると考える連中も少なくないだろう。

まあ、呼びかけはともかく、ダンジョンの制御云々《うんぬん》は言う可能性は低いけどな。

だって、自分たちの有利なところがなくなるから。

「どうするのですか……。話や状況から判断すれば、もう止められる段階ではなさそうですが」

ジェシカは今の状態を正確に把握しているみたいだ。

もう通常手段じゃ止められる状況じゃない。

そう、通常手段であれば、だ。

「ファイデを呼んでくれ、どうせジョンと話をしているだろうから、そこに行けばいい」

「分かりました。行ってまいりますわ」

サマンサがファイデを呼びに席を立つ。

「ファイデを呼んでどうするつもりじゃ？　この状態で向こうに送り返せば、戻ってこなくなる可能性も高いぞ？　下手に動かさず、こっちにいてもらう方が安全じゃないかのう？」

「デリーユの話も一理ある。だが、それでは相手が動くのは阻止《そし》できない。こういうときの定番は一つ。殴りこむ」

ポカーンとしている会議室のメンバー。

「無論、ドッペルでだ。残念なことにノーブルの時より時間がないが、ためらっている暇はない。ノノアの魔術国、ノゴーシュの剣の国、獣神の国へ同時に殴りこんで、一気にバカ神共を押さえる‼　ファイデが戻るのに乗じて、ノノアのところには主力を送り込んで速やかに制圧。残り二国の制圧部隊に情報を送れるようにする。スティーブたちに緊急報告、部隊の編成を急がせろ‼」

「はい‼」

「分かったよ‼」

「……任せて」

トーリとリエル、カヤは軍の方への連絡に走る。

「残っている皆は他のメンバーへの連絡、書類の作成を手伝ってくれ。あ、キルエは家に戻って説明と子供たちを頼む。アスリンたちはそのまま待機で」

「「了解‼」」

よし、これでいいか？

「あ、あの。お兄様、神様ってなんですか？」

「なに？　食べられるの？」

「……私たちはどうするのよ」

しまった。

この三人が残ってた。

えーと、とりあえず、一緒にいてもらわないと困るな。

第430掘：軽いジャブでワンダウン

Side：ユキ

俺は正直、現状に焦っていた。

いや、焦るというより、またあの頭おかしい説明をしなければいけないと思うと、非常に頭が痛いのだ。

ノノアやノゴーシュが動き出した今、それを止めるための行動を起こさないといけない。

さすがに、ただの謀反《むほん》で済ませられる内容ではないのだ。

その場合、勝手に国々で処理をするために動くが、相手が悪すぎる。

頭空っぽの神とダンジョンマスターのコンビだ。

おそらく被害が甚大なことになりかねないし、一度大敗すれば、現状のパワーバランスが一気に崩れて、戦国時代に突入するわ。

その国ごとの対処を止めるためには、敵対した魔術国、剣の国の正確な戦力を伝えて理解してもらう必要がある。

つまり、俺がなんのためにこの世界に来たのかを説明することになる。

あの駄女神を含めてだ。

くっそー。

誰か、すぐに納得してもらえるような説明ない？

それか、俺と誰か代わってくれ。

どう考えても、世界を救うためです。キリッ!! とかしても、馬鹿じゃねーの？ って言われるのがオチだよ!!

いや、待てよ。ダンジョンマスターの力が厄介だから、大軍で押し寄せても意味がないって言えばいいか？

いやいや、そもそもその情報がどこから来たのか、信頼できるのか、という話になって、情報元のファイデを紹介すれば神様とかいうのがばれるし、そんな人物と知り合いな俺は何者だという話になるよな……。

というか、現状をありのまま伝えたら、神様の権威や信仰は失墜しかねない？

それはそれで困るんだけど。絶対、その原因を作った俺は恨まれるよね。

あーもう、やだ。

結局、時間だけが無情に過ぎてゆく。

時刻はもうすぐ10時。

昨日の会議のあとはみんなてんやわんやで、セラリアたち王族の嫁さんたちはすぐに三大国への連絡を済ませて、本日昼にウィードで緊急会議を行うことになっている。

トーリたちはスティーブたちと連携をとっていつでも出撃できるように編成と、物資の確保。

残りの嫁さんたちは、子供たちの面倒と、出撃に必要な書類の作成を行っている。

久々というわけでもないが、フル稼働状態だ。

「あ、あの、お兄様。少し休憩されてはどうでしょうか？」

「お兄が倒れたら大変」

「そうねー。これから王様たちと話があるんだし、書類仕事は他のみんなに任せたら？」

そう言ってくるのは、昨日ついに俺の正確な立場を知った、ヴィリアとヒイロ、そしてすでに知っているドレッサだ。

ドレッサはともかく、今ヴィリアたちを下手に帰すのは色々問題があるだろうということで、昨日は旅館の自宅に連れて帰って、アスリンやフィーリアと一緒にお泊りということになった。

ありがたいことに、この二人はもともとの俺への信頼がぶっ飛んでいたのか、素直に俺の言うことを信じてくれた。

おかげで、説得要員として控えていた、適当に自分の加護を振りまくリリーシュの出番はなかったのだが、勝手に出てきて、加護をつけやがった。

いや、真実を知った分危険が増えるだろうから、加護をつけるのは否定しないけど、本当にお前らは自由だよな‼

「まあ、頭が痛いのはよく分かりますが、ドレッサの言う通り、これから会談もあります。書類に不備があっても問題ですし、休憩した方がいいでしょう」

俺の葛藤に察しがついているジェシカはそう苦笑いをしながら、俺が処理している書類を持っていく。

「？？？　ねえ、ジェシカ。ユキさんは何をそんなに悩んでるの？」

リーアの質問にはジェシカではなく、横で書類を処理しているサマンサが答える。

「簡単ですわ。この状況だと、ユキ様の本来の目的や立場を話すことになりますから。そのことをどう話して、問題なく受け入れさせるにはどうするかを悩んでいるのですわ。普通なら頭がおかしい発言でしかありませんから。下手すると、こっちでも問題が起こりますから」

サマンサも俺がこれからする話の面倒や無茶苦茶さはよく分かっているみたいで、ジェシカ同様苦笑いしている。

「ん。理解した。確かに、このような問題を起こしたのが、神様ならば、もう神様という役立たずには、誰も頼らないという話にもなりかねない。そうなれば、信仰を真摯にしている人々にとってはユキが神を地に落とした悪者。それはそれで大問題。逆にユキの話が信用されなければ、それはそれで、ウィードの立場が悪くなり、分裂の憂き目にあう。下手な説明はできないということ」

クリーナは政治関連には興味がないが、頭はいいので多少説明をすれば全体を把握してくれるのがありがたい。

リーアへの説明にもなっているから。

「なるほどー。でも、ヴィリアちゃんやヒイロみたいに、リリーシュ様にパーッと加護でもつけてもらえば信じてもらえそうな気がしますけど？」

「それはそれで問題なんですよ。リリーシュ様はあくまでもリテア聖国の神。他の国の王がその加護を受けたとなると、リテア聖国に従属したととられかねませんし、逆にそういう感じにしなければ、リテアは自国が他国よりもリリーシュ様への信仰が劣っているということになりますから。お国の面子《めんつ》が丸つぶれです」

ジェシカの言う通り、リリーシュお得意の加護をつけて神様証明は、やってはいけない禁じ手に近い。

下手にばれると、三大国の同盟が崩れかねない。

「ま、そういうこと。色々厄介なんだよ。そもそも、俺の本当の目的を言えば、神様が役立たずだと宣言するようなものだしな」

「ん。でも実際、小さい領土争いしかやっていない。役立たずでまったく間違いではない」

「クリーナさんの言うことには同意ですわ。まったく器の小さい神様たちですわね。でも、混乱を考えるとそう素直に言えないのは面倒ですわよね」

「……うん。とりあえず難しいのは分かったよ。ユキさん、頑張って‼」

「おう」

リーアにそう応援される。

身も蓋もないが、リーアの言う通り頑張るしかないのは事実だ。

放って置く方が大きな問題にしかならない。

ま、デメリットばかりじゃなく、メリットの方にも目を向けるべきだよな。

これで晴れて、他国に秘密裏なプロジェクトではなくなるのだ。

この話が終われば、当初の目標通り、世界各国で魔力に関する研究が本格的に行われることになるだろう。

魔力枯渇《こかつ》に対する研究もウィード一国だけではなく、この大陸全体で行われることになる。

そうすれば、新大陸の方ともつながりを作って、さらに魔力枯渇の研究が進わけだ。

つまり、俺の仕事が将来的には減るということになる。

100年計画が思わぬ方向で10年計画になったと思えばかなりの儲けと言えるだろう。

「お兄様‼　わ、私もこの身を捧《ささ》げておてつだいしましゅ‼」

「ヒイロもー。お兄のお手伝いするー」

「よかったわね。こういうのは人徳ってやつじゃないかしら？　無論、私も事情は知っているから手伝うわよ。ウィードを荒らさせるわけにもいかないからね」

「ありがとな。ま、でも今回は気持ちだけもらっとくよ。王様たちとの会談だしな。人数がいても混乱するだけだし」

そんなことを話しているうちに、連絡が届く。

『あなた。クソ親父とリテアの聖女、そしてガルツ国王が到着したわよ』

……セラリア。お前いまだに、お父さんって普通に呼んでやれないのな。

娘のサクラが真似しないことを祈ろう。

だって、孫にまでクソ親父なんて呼ばれたら、ロシュールのおっさんは自殺しそうだからな……。

「ユキ。気休めかもしれませんが、あなたならやれます。私はそれを知っています」

「そうですよ。ユキさんなら大丈夫です‼」

「ん。ユキなら大丈夫」

「そうですわね。私たちのユキ様はこの程度のことで立ち止まるお方ではありませんわ」

「お兄様なら大丈夫でしゅ‼」

「お兄ならへっちゃらー」

「……凄いプレッシャーね。私は特に何も言わないでおくわ」

今回はドレッサの気遣いの方がありがたいわ。

嫁さんたちやヴィリアとヒイロの無条件な絶対の信頼ってきついわー。

何度も言うけど、俺は一般人ですからね。

俺より上なのは世の中ごまんといるからな。

俺の親友どもや知り合いとかと比べると、俺なんて普通ですよー。普通。

まあ、こっちの世界の平均が低いから、俺みたいな普通でも、優秀って部類になるんだろうけどな。

さて、世の無常を呪ってもどうにもならんし、目の前のお仕事を一つ一つ片づけるしかない。

今日も頑張りましょうかね。

そんな覚悟を抱き、俺は会議室へと入る。

そこには、三大国のトップが勢ぞろいしていた。

普通なら、メンバーに委縮して当然なんだろうが、どうせ身内で非公式なので委縮も何もない。

「来たな」

「遅かったじゃねーか」

「呼び出しておいて、一番最後とは珍しいですね」

「こっちも色々あるんだよ。で、お茶とか、軽食とかはどうする？」

俺は座りつつ、そんなことを話す。

「飲み物は特に気にするな。すでにキルエに頼んでいる」

「軽食の方も適当に見繕ってくれるだろうさ。シェーラのお付きだからな。ガルツも鼻が高いわ」

「ということで、ご心配なく」

なるほど、さすが、スーパーメイドキルエ。

ガルツのおっさんはともかく、ロシュールにリテアの二人に名前を憶えてもらえるとかすげーなおい。

「じゃ、さっさと本題を話そう。ちょーっとのんびりしている余裕はなさそうなんで」

俺がそう言うと、空気が張り詰める。

こういう切り替えが早いのはさすが、大国を治めているトップたちだなーと思う。

「この前話した、情報収集の件で一定の成果が出た。というのが今回の話だが、その内容がけっこうな問題だった。詳しい内容の方は、昨日のことだが……」

それから、昨日あったことを話していく。

自称馬鹿大臣が、ロシュール現王家の転覆を狙っていたこと、その背景にノノアの魔術国が関わっていること、とある情報筋から、ノノアとノゴーシュ、つまり魔術国と剣の国が手を組んでいること、さらに、バックにはウィードと同じダンジョンマスターの影が確認されているということ。

それらから、挑発行為をして自領に引き込み、DP化を狙っている可能性が高いということ。

とりあえず、今のところ、喋っていい情報を伝える。

「……なるほどな。息子が慌てて、あの愚《おろ》か者から出てきた魔術国の密約書類には手を付けるなと言ってきたわけだ」

「ん？　ロシュールの、もう、その自称大臣の捜索は終わったのか？」

「当然だ。前々からセラリアだけが利益を上げているのはダメだと吼《ほ》えていたからな」

「さっさと処罰《しょばつ》すればいいじゃねえか。って、ああ、上が面倒なタイプか？」

「そうだ。本人自体はともかく、上は公爵だ。下手に処罰するとそこをつかれる。馬鹿なのを知っていて使っている」

「……それは、面倒ですね。しかし、そこはいいとして、その背景にダンジョンマスターがいるというのはどこからのお話でしょうか？　私たちですらつかんでいないのに、ウィードが先に情報を仕入れるというのはいささか不思議なのですが？」

「そうだな。情報源はどこからだ？」

「だな。それは信用できるのか？」

ほら来た。

とりあえず、真実を混ぜたでっち上げの内容を言ってみるか。

「先日、ウィードのリテア教会のリリシュ司祭に、知り合いからの連絡があった」

「司祭にか？」

「なんでまた司祭に？」

ロシュールとガルツのおっさんどもは首を傾げていたが、リリシュの正体を知っている、リテアのトップ、アルシュテールの顔は驚きに染まっている。

「ま、まさか……。ユキさん……」

「どうした？　リテアの？」

「何か顔色が悪いぞ？」

「い、いえ。気にしないでください。そ、その。ユキさん。その相手というのは……」

「予想通りだと思うぞ。同類」

「あ、あははは……。ふっ……」

俺の返答に乾いた笑いを少しだけして、気を失う。

「大丈夫か⁉」

「お、おい⁉　い、医者を呼べ‼」

あー、やっぱりこうなったか。

これからの神様のお話にアルシュテールは耐えられるのかね。

あと、残りの二人は理解できるのかね。

あー、めんどい。

第431掘：真実を知る王者たち

Side：ユキ

さて、予想通りではあるが、このままでは話が進まない。

これがおっさんなら、蹴《け》ったり、水をぶっかけて起こすのだが、女性に対してそうするわけにはいかないので、とりあえず軽く頬をつつく。

「おーい。話が進まないから起きろー」

「うーん……」

やっぱり、この程度では起きないか。

はぁ。まあ、アレを呼んでいるし、そっちに頼んだ方が効果的か。

「どうするのだ？　無理に起こすのか？　自然と気が付くまで待つのか？」

「なんだ？　無理に起こすなら任せておけ。こういうのにはコツがあるんだよ」

「いや、話に出た、司祭に起こしてもらうさ」

「司祭に？」

「なんでまた？」

「それが一番効果的だからだよ。話を続けるにも、その司祭と情報源には直接話を聞いた方がいいだろう？」

「……そうだな」

「それが手っ取り早い方法ならそれでいい」

二人の許可も貰ったことだし、さっさと二人を入れるか。

「おーい。入ってきていいぞー」

俺がそう言うと、すぐに会議室の扉が開かれて、二人の人物が中に入ってくる。

1人を、リテアから派遣されたウィードの司祭リリシュこと、リテアの崇める愛の女神リリーシュ。

もう1人は、ノノアとノゴーシュの要望で、こちらを探りに来た旅人こと、農耕神ファイデ。

「どうもー、お邪魔いたします」

「失礼いたします」

「とりあえず、挨拶の前に、そこのリテアの聖女様を起こしてくれ」

「あらあら、アルシュテールちゃんったら、どうしたのかしらー？」

「いや、隣の人の察しがついて気絶したんだよ」

「この男のー？　そんな大した者じゃないのにー、まったくどこまでも迷惑ねー」

「……俺はどう考えても悪くないと思うんだが。むしろあの態度は自然じゃないか？」

「人様からあがめられるようなことをろくにしてないのに、敬《うやま》われようなんて片腹痛いですね

ー。さて、アルシュテールちゃん。起きなさーい」

リリーシュはそう言いながら、アルシュテールに軽く声をかける。

「は、はいっ‼ なんでしょうか、リリーシュ様‼」

効果はてきめん、あっさりと目を覚ます。

「……とりあえず。聞きたいことはあるが、リテアの聖女が目を覚ましたことだし、自己紹介と行こうか。私はロシュールの国王である」

「同じくガルツの現国王だ」

「どうもー。リテアからウィードに派遣されている司祭のリリシュと申します」

「これは失礼いたしました。旅をしているファイデと申します」

お互い特に問題もなく挨拶を済ませる。

「で、リテアの聖女は先ほど、このリリシュ殿をリリーシュと呼んだ気がするが？ お前はどうだ、ガルツの？」

「お、ロシュールのもそう聞こえたか。俺もそう聞こえたぞ」

「ならば、勘違いではあるまい。リテアの、なぜ司祭殿をリリーシュ様と呼んだのか教えてくれるか？」

「あ、あのですね。簡単に言うとその通りなのですが、証明しろと言われても、難しい話でありまして……」

アルシュテールもまさか、神様なんですなんてことは言えない。

だって、その神様を部下扱いしてるんだから、下手をしなくても大問題になりかねない。

「……分かった。みなまで言わなくていい」

「……おう。言わなくていいぞ。ちゃんと聞いてしまったら、俺たちもひどいことになるのは分かった」

「……ありがとうございます」

しかし、さすが、大国の長たちと言うべきか、察してここは非公式だし詳しい話を聞かないことで、面倒な問題を回避した。

「……そして、お隣の男の方は初めてお会いしますが、そのリリシュ様の知り合いということはつまり……」

「……言うな」

「……おいおい。いったい何が起こっているんだ」

おっさん二人、とんでもないものを見たという感じで、げんなりしている。

「しかし、あっさり信じたな。明確な言葉もなく」

「信じるさ。リテアの聖女がそのことを認めているんだ」

「だな。それが嘘なら大問題になりかねない。それを俺たちの前で言うんだから、本物かそれに近い何かなんだろう。わざわざ今の落ち着いている状態を崩す理由はないな」

話が早くてなによりだ。

「ということで、情報源はこのファイデからなんだよ。しかも、リリーシュへの降伏勧告に近いものだったわけだ」

「ええい。二人の名前を言うな。どっちも聞き覚えがありすぎる……」

「……農耕神か、久しく聞いていなかったが、やっぱりいたのか……。ってそこはいいんだよ。降伏勧告ってどういうことだ‼　なぜ、神々が出張ってくる⁉」

「そこを詳しく話すために集まってもらったんだよ。俺の本当の目的も話すことになるからな」

「……そうか、ようやく話す時期が来たわけか、息子よ」

「どういうことだ？」

「……本当の、目的？」

ロシュールのおやじとはいつか時期が来ればって言ってたからな。

他の二人は俺が異世界人ってことはウィード建国祭の時に知ってるが、なんで俺がここにいるのか？　なんていう疑問は聞かれたことがない。

疑問に思わなかったのか、それとも藪蛇《やぶへび》と思ったのか、ロシュールの親父みたいに俺から話すことを待っていたのかは知らないが、その時が来たってことだ。

「さて、話は長くなるけど、最初に言っておくが、今回の問題はただの意地の張り合いというくだらないもんだと思ってくれ」

「意地の張り合い？」

「そう。これからたいそうな人物や話が出てくるけど、根っこはそんな理由ってのを忘れないでくれ」

ということで、ここからは簡潔《かんけつ》に、俺が異世界人であること、上級の神様からこのアロウリトの魔力枯渇をどうにかするために連れてこられたこと、その過程で、現在の状況を作ったはいいが、昔からこの地にいるアホ共はようやく危機感をもって、俺の邪魔をし始めたこと。

箇条書きで並べると簡単だが、これを話すには数時間を要した。

で、この話を聞き終えた三人の大国のトップたちは……。

「なるほど。ようやく、息子の意図が分かった」

「ああ、こっちも同じだ。なんであんなことをするのか不思議だったが、これで納得がいった」

「はい。私も納得いたしました。このような崇高《すうこう》な目的があったのですね」

なぜか、思ったより素直に納得していた。

「あっさりこれも信じたな」

「それはな、息子の行動が今までよく分からなかったが、これが理由なら納得がいくからだ」

「そうそう。ガルツでは俺の息子が大陸を平和に導くためとは言っていたが、それだけでは弱い気がしていた。しかし、この理由なら納得だ」

「すでに、一国家という括りでは対処できないと判断して、あまたの力を集め成長を促《うなが》していたわけですか」

おお、思ったよりも、この三人は凄い人らしい。

こんな文明レベルで信じられるものかねー？

普通は無理だろう。

「一番信頼できる理由は、息子がこの3国を制圧していないことだな」

「いつでも制圧できる戦力を持っているのにしないのがよく分からなかったからな」

「そうですね。この事情では国を取るということ自体が、面倒でしかないというのは分かります」

ああ、それが一番の理由ね。

確かにこの三人はウィードが保有している実際の戦力を把握している。

だからこそ、信じられるというわけか。

「しかしだ。神々も、言っては何ですが、俗っぽいのですな」

ロシュールのおやじは言いにくそうに、ぼそりと言う。

「すみませーん。今までまともな成果も出せない愚者なんでー」

「それはこちらも申し訳なく思っています」

「あ、あわわ!? お二人とも、頭をお上げください‼ あなた様たちが悪いわけではありませんわ‼」

「そうだな。お二人が悪いわけではないし、息子のやり方を実際体感しなければ、お空の上の人の意見も理解はできるからな」

アルシュテールはフォローをして、ガルツのおやじは特に神々を非難することもなく、その行動は理解できると言う。

「話をまとめると、向こうはこちらの実情をまったく知らず、その正体不明のダンジョンマスターの話を鵜呑みにして、我々というか、息子の作ったウィードと連合をどうにかしたいわけだ」

「はは、ロシュールの。息子とウィード、そして連合をどうにかしないとではなく、この3つを排除しなければ向こうには勝ち目がないと言えよ」

「そうですね。旧体制での世界統治を目指すのであれば、何がなんでもこの3つを打倒しなければいけません。それを考えると、今回のやり方はある意味正しいでしょう」

まあ、納得できないと言われて、離反されたり、何日も説明するのに時間をかけるのも大変だからよしとするか。

「今起こっている事態は把握した。下手に魔術国、剣の国、獣神国を刺激すると、背景にいるダンジョンマスターの力を使って一気に戦乱が起きるのだな。そのきっかけが最初にあった自称大臣の話か？」

「そういうこと。あいつがファイデからの情報とは別に、自分でノノアとのつながりがあることを言っていて、あからさますぎねー？　って話になったんだよ。で、話から総合すると、こりゃわざとだな。ってことになったんだ」

「こんな馬鹿にされた行動をとられれば、動かざるを得ない。それを狙ってDPにしようという判断だったか。……これは、うかつに軍を動かせないわけだな」

「しかも、こんなあからさまな行動を三大国の一角にとるってことは、他の小国が参戦してもどうにでもなるって自信があるわけだ」

「ええ。さらに、悪いことに、私たちが止めても、小国が勝手に行動を開始するのは時間の問題でしょう。今話している真実を言うわけもいきませんし、信じてもらえるとも思えません。どうせ、他の国にも自分たちの国へ攻めさせるように分かりやすい工作をしているはずです」

おうおう、やっぱり王様たちってのは冗談でやっているわけじゃないか。

俺ごときが考え付いたことなんて、あっさりたどり着く。

いや、何事にも例外はいるけどね。愚王とか、そういうの。

俺と王様たちの違いは基本的に、基礎の知識が違うだけで、それを補えば、俺なんてあっさり超えていくだろう。

その証拠に、ちょーっと俺がお話ししただけで、俺が予想したこととほぼ同じ内容にたどり着いた。

才能のある人はいいねー。まあ、それを手に入れる苦労はとんでもないだろうから、俺は欲しくもないが。俺はせいぜい、友人と肩を並べるまではなくとも、後ろから追いかけて置いていかれない程度でいいんだよ。

「で、時間稼ぎでしかないというリテアの聖女の話には賛成だ。このままでは大陸を真っ二つにして争うことになりかねないぞ。何か手があるんだろう？」

「あるのか？」

「え？　この状況ではなんとか小国へ説明をして、離反を防ぐぐらいしか思いつかないんですけど？」

ガルツの親父とアルシュテールはすでにこれから起こる最大規模の戦乱に備えて工作するしかないと思っていたみたいだが、付き合いの長いロシュールの親父は俺が何か考えていることに予想がついていたらしい。

ま、特に隠す理由もなくなったのであっさり話すとしよう。

「簡単だ。今回の原因を直接乗り込んで叩く」

「は？」

「ちょ、ちょっと待ってください‼　それこそ、戦争の引き金に……」

「ならんな」

「え？」

「なるほどな。ダンジョンマスターの力を奪えば、抵抗できる力がなくなる。そこを狙うわけか。本来なら、守りを是とするガルツはそんな無謀はやめろと言うべきなんだが。ダンジョンマスターである息子が乗り出すなら話は別だな」

「ああ。息子は勝算がないのに出張るような男ではない。むしろ、完勝できる用意をしてから出るタイプだ」

「……ああ、そうでしたね」

あ、アルシュテールが遠い目になった。

いや、あれはリテアの馬鹿共が悪いでしょう？

まあ、あれだけ押しつぶしたらトラウマになるか。

「というわけで、魔術国へ使者として行くから、案内頼むわ」

「……正面から堂々とか。面白いな」

「敵の大将が乗り込んでいくか。相手さんの顔が見ものだな」

「……その、大丈夫なのでしょうか？　いえ、使者だからこそ安全は保障されるでしょうけど」

そう、使者だからこそ確実にノノアと会える。

そうなれば、話でもして、説得できるなら説得。

邪魔なら潰す。

なんで簡単にそんなことができると思うのかって?

新大陸で、魔術とスキルキラーを仲間にしたんだよ。

その名も本目泰三《もとめたいぞう》。

魔術主体の相手にとっては最悪の切り札である。

ヒフィー相手に能力を発揮したのは見たし、実証実験もあれから色々やっている。

ロシュールの親父の言う通り、必勝の策あるからこそ動くのだ。

難点と言えば、本人を連れて行かなければいけないことだが、タイゾウさんはもともとドッペルを使うことがきらいで、その身一つで動いているから、ま、問題はないだろう。

第432掘：クソ親父処刑と使者作戦の内容

Side：ユキ

世の中、面倒なことはたくさんある。

しかし、思わぬことで、あっさり進むこともよくある。

今回の三大国の会談はまさにそれだった。

非常に、すんなり受け入れてくれたので、予定していた1週間にわたるセッティングが無駄になってしまった。

まあ、それは俺の予定がというだけで、用意していた部屋や食事などは、三人ともそのままオフということで気分よく使っている。

まさか、それを満喫《まんきつ》したいがために、あっさり話を信じたんじゃないだろうな？

「まさか、そ、そんなわけないだろう!!　なあ、リテアの聖女!!」

「そ、そうです!!　ガルツ王の言う通り!!　わ、わたしたちを見くびらないでください!!」

……ダメだこいつら、隠す気がねえよ。

まあ、それだけ信頼してもらっているということだから、これ以上のツッコミは無粋か。

「あれ？　そういえば、ロシュールの親父はどうした？」

今は話が終わって、俺が指示や書類を作ったあと、4人で晩御飯をということで集まったのだが、ロシュールの親父がいなかった。

「……ああ。ありゃ、自業自得だな」

「自業自得？」

「はい。ユキ殿が出て行かれたあと、セラリア様が来られたのですが……」

『セラリア‼　サクラは⁉　スミレは⁉　ユーユ、エリア、シャンス、シャエルはなぜいない‼　どこだ‼』

『あら、クソ親父。あんなゴミをウィードに放っておいて、娘たちに会えると思っているのかしら？』

『あ、あれはっ……』

『あら？　言い訳するつもりかしら？　娘たちにおじじが悪者をウィードに放ったって言っていいの？』

『お、お前は、鬼か⁉』

『娘の国に、そっちの汚物をよこしてきたことを棚にあげてよく言うわね‼　謝れば考えようかと思っていたけど、もう決めた‼　3か月面会禁止‼』

「そうしたら、膝から崩れ落ちてな」

「部屋で泣いているようです……」

「……」

何やってんだ。あの親子は。

いや、まあ、ウィードに迷惑かけたのはあれだと思うが、今回のは不可抗力もあるのは分かるだろうに。

「さらにだ。あのセラリア女王、こちらににこやかに笑いながら言いやがった」

『お二人は特に何も問題ございませんし、子供たちに会いに行きませんか？』

「なんていって、ロシュールの視線が痛いのなんのって」

「こちらを視線で射殺さんばかりでしたね……。おかげで、スミレ様たちに会う機会がなくなりました」

「こっちも、自分だけシャエルたちに会うわけにはいかなくてな……」

そして口には出さないものの、二人の視線が俺に突き刺さる。

どうにかしてくれと。

くそ、物事がスムーズに進んだと思ったらこれだよ。

まったく、まあ、一家の安寧《あんねい》を守れない奴が、世界を－なんていうのはちゃんちゃらおかしいのは分かるからやるけどさ。

「こっちの方が、難易度高いわ……」

晩御飯のあとはタイゾウさんと打ち合わせだったのに、断りの連絡いれとかないと。

この話がマジでどれだけ時間がかかるか分からねー。

この旨をメールで書いてタイゾウさんに送って返信がきた。

『武運を祈る』

……よく状況が分かっていらっしゃることで。

さーて、あの強情ツンデレ嫁さんをどう説得するかねー。

あ、その前に嫁さんたちに意見をもらうかな。

とりあえず、コールで連絡をして作戦会議をしたのだが……。

『旦那様。セラリアはそんなことで怒ったり、子供たちへの面会謝絶をしたりいたしません』

『ルルアの言う通りじゃのう。問題はそこではないのじゃよ』

『デリーユの言う通りですね。私もリーアから話を聞きましたが、その場にいたら、その自称大臣を消し炭にしていました』

『当然よ‼　ユキさんを、みすぼらしいとか‼　極刑よ‼』

『はいはい、エリスもミリーも落ち着こうねー。ま、でも、僕も同じ意見かなー』

『さらに、子供たちに危害を加えたというのがまずいです。たぶんセラリアは、自分の子供たちと重ねたんだと思う』

『……ぶち殺す』

『ぶっ殺しておくべきでした』

『ん。今から殺しに行くべき』

『カヤ、リーア、クリーナも落ち着いてください。今はセラリアとロシュール陛下のことです』

『そうですわ。どうせ、ユキ様を馬鹿にした男は拷問の末、処刑されますから放っておきましょう』

　とりあえず、嫁さんたちのおかげで、政治的判断だったから仕方ない。って言うのはダメなのは分かった。

　俺と子供たちのことを案じて切れていたのか。

『まー、お兄さんが頑張らないと、ロシュール陛下が自殺しかねないですよね。私もシャンスたちと面会禁止とか理不尽に言い渡されたら、どうにかなると思いますよ』

　それも分かる。

　ラッツの言う通り、俺も子供と面会禁止とか言われたら、おかしくなると思うわ。

　しかし、セラリアの怒っている理由も分からないでもない。

　……ここは探り合いはやめて、素直に会わせてやってくれと言うべきか。

　俺は覚悟を決めて、セラリアのいる所へ向かう。

「……というわけで、気持ちは分からんでもないが、会わせてやってくれないか？」

　包み隠さず、素直に現状を伝えて、あっちの落ち度を認めたうえでセラリアに頼んでみる。

ちなみに、セラリアは今回の魔物軍を動かすための書類の決裁をしている最中だ。

極秘とはいえ、ちゃんと話や手続きを通さないと、スティーブたちの独断専行ってことになるからな。

表向きは、魔術国へ使者として行く俺たちの護衛という建前。

他の、剣の国、および獣神の国の方は軍事演習ってことで、ガルツとリテアの部隊にくっついていくことになっている。

軍事演習の方は、向こうとの予定合わせが大変なので、ちょっと遅れるが、魔術国を押さえた後に動く予定なので、ある意味ちょうどいいだろう。

別の意味としては、ガルツとリテアの軍事演習に対して何か仕掛けてきても対処できるようにという意味がある。

これは、向こうの馬鹿共が小国に対して変な工作をしていても、すでに大国が出張っているのので、勝手に突っ込むということをさせないためでもある。

って、この話を何も問題なければ、タイゾウさんと話していたんだけどなー……。

「……ちょっと待って。あと少しで書類が終わるから」

セラリアは書類に目を通しつつ、判を押す。

ぺったん、ぺったんと音が響く。

この大陸の文明レベルだと書類偽造とか、山ほどありそうだったが、実はそうでもない。

判を押すときに、押す本人の魔力を朱肉に籠めるので、誰がその書類を作ったのかが簡単に分かるそうだ。

街の入り口に、簡易的な判別道具があるやつのさらに簡易版みたいなものらしい。

この世界はこの世界で、ちゃんと独自に発展していることがよく分かる。

どっちが正しい、というのはないのだ。

ま、こうやって偽造防止をしっかり作っているとなると、そういうことがあったから、ということになる。

世界が変わっても、悪党が考えることは同じというやつだ。

「さて、クソ親父の面会ねー」

「そう。他の二人にも被害がいってるし、さすがに問題だ」

「ちっ、あのクソ親父が。周りを巻き込むとか。……はぁ、仕方ないわね。アーリアお姉様?」

『あら？　どうしたの、セラリア？　お父様が何かしたかしら？』

なんか姉の方にいきなり連絡を取っている。

というか、姉さんの方も、親父が何かしたこと決定かよ。信頼ねーな。

「そうなのよ。あのクソ親父、他の二人に恨みがましい視線向けて巻き添えにしたのよ」

『あらあら。そうきたのね』

「でも、簡単に会わせるのはしゃくだし、お姉様が一緒ならって条件を付けるつもりなんだけど。いいかしら？」

『なるほどね。私も姪たちには会いたいし、構わないわよ。で、お父様への罰はこっちに任せるってことでいいのかしら？』

「ええ。キッツいのをお願いします。お姉様」

『分かったわ。こっちもいい加減、政務をほとんど回されて忙しいから、全部押し付けてあげましょう。そして、姪たちとは私が遊びましょう』

「さすがお姉様。素晴らしいです」

おいおい、おっそろしいことを言ってやがるな。

つまりだ、面会したと思ったら、ロシュールの親父はすぐに戻ることになるのだ。

何という生殺し。

ちゃんと孫たちとの面会はさせたのは事実だし、セラリアが嫌がらせをしたのではなく、アーリアが政務の交代を申し出ただけだから、表向きはお仕事のためということになる。

『今からいくわ。お父様はどこに？』

「いつもの会議室です」

『分かったわ』

うわ、もう動き出しやがった。

「さて、ごめんね。わざわざあのクソ親父のために時間を割いてもらって」

「いや、別にいいけどさ。あんまりやりすぎるなよ？」

「ええ。そこらへんの手加減は心得ているわ。なにせ、あのクソ親父とはあなた以上に付き合いが長いのだから」

　セラリアはその言葉が終わると、いきなり真剣な顔つきになる。

「で、タイゾウと打ち合わせって聞いたけど？　タイゾウを連れて行くつもりなの？」

「ああ、その予定」

「詳しい内容は？」

　さすがに今回の敵地殴り込み作戦は、危険だと分かっているのだろう。

　というか、一つ間違えれば大陸全土を巻き込んだ、大戦乱になりかねないからな。

「あとで、計画書が届くと思うけど、まあ簡単に言うと、タイゾウさんの、無効化のスキルを使って、あっちを完封する予定」

「……なるほどね。でも、タイゾウのスキルは無差別よ？　私たちも巻き込まれるわ。その場合、物量がものを言うわ。最悪、魔術国の兵に袋叩きにされるわよ？」

　セラリアの言う通り、タイゾウさんのスキルは強力に見えるが、無差別であり、その場合は数がものを言う。敵地に殴り込みをかけるのだから、数の不利は明らかなのだ。

「ま、そこらへんは織り込み済みだ。タイゾウさんでノノアを押さえたら、魔術国にあるであろう、ダンジョンを一気に掌握《しょうあく》する」

「ああ、なるほど。タイゾウはあくまでも囮なわけね？」

「そういうこと。タイゾウさんの無効化範囲はせいぜい30メートルほど。その範囲から出れば魔術やスキルは使えるから、それを利用するわけだ」

簡単に言うと、ノノアにタイゾウさんを交渉役として、雑談でもなんでもさせて、しれっとスキル発動をして、能力を阻害《そがい》している間に、魔術国のダンジョンを掌握。

そうすれば、もうこっちのもの。

どうせ、俺たちを見習って、同盟国にゲート作っているだろうから、全部押さえられる。

ダンジョンマスターが魔術国にいる可能性もあるが、そこはノーブルとの戦いで、実績をあげたダンジョン制圧部隊がいるので、問題はないだろう。

「相変わらず、えげつないわね。あなたらしいけど。でも、ダンジョンを掌握できるとは限らないわよ？　規模も全然分からないのだし、ＤＰで負ける可能性はどう考えているの？」

「その可能性はほとんどないと思っている」

「なぜ？」

「まず、そこまでＤＰがあるのなら、すでに大規模軍でも編成して、こっちに攻めてる」

「それはそうね。こっちに恨みつらつらだし」

「あと、ＤＰの供給源を求めて挑発してることから考えて、蓄積しているＤＰはどう考えても俺たちよりも少ないと予想が立てられるし、俺たち以外のダンジョンの街ができたなんて話はない」

「そうね。なら、人狩りとかをしている可能性はないかしら？　あと、コアに魔力を注いでって……、ダメね。前提で言ったように、そんな余裕があるなら攻めているものね」

「そういうことだ。人狩り、奴隷を集めて、DPを搾り取っているとしても、たかが知れているってことだ。勝てると思えるならこっちに攻めてるだろうからな。ま、予想以上に規模が大きくてダンジョンを掌握できなかったとしても、ノノアを確保できればそれでいい」

「あくまでも、情報を集めるのが目的だから、ダンジョンを掌握できないのであれば、ノノアをってわけね？」

「そういうこと。タイゾウさんとスティーブたちの部隊が動けばそれぐらいはできるだろうさ」

「話は分かったわ。隙のない作戦ね。でも、ヒフィーにはなんて言うつもり？」

そう、この作戦の肝はタイゾウさん。

だが、その彼を生身で連れて行くのだから、新婚さんのヒフィーが頷くかどうかが問題になるのだ。

「それを今から説得しにいくんだよ」

「そう。頑張って。まあ、私ならあなたを囮になんて言われたら、ぶっ殺す自信があるわ。だから、仕方がないとはいえ、今回はあなたに非があるのは明白、ぶたれるぐらいの覚悟はしていなさい」

……分かってるよ。

旦那を死地に送り込みますって言うようなもんだからな。

あー、胃が痛い。

落とし穴76掘：天高く馬肥ゆる季節

Side：カヤ

まだまだ、暑さは残っているけど、その暑さも日に日に弱くなってくる今日この頃。

私としては、一番嬉しい季節になっていると実感が出てきた。

「よっと」

ザクッ‼

私が振り下ろしたクワは抵抗なく、畑に突き刺さる。

ウィードの農地を耕すためにクワを振るうということはそうそうしない。

ザーギスが農業機械をまねて、魔力で作動する道具を開発しているので、それを以って耕す。

そうしないと、人の手だけでは広大な農地を耕すことはできない。

ウィードの住人は年々増えつつあるが、しょせん数万人。

そのうち、農業に携わっているのは、3千人以下。

農作業機械があってこそできる、農業のシステムを前提にウィードの農業は成り立っているのだ。

現在は、輸出用の作物なども育てているので、村などで、自分たちが生活して、ちょこっと収入と税のために作っているのとはその規模が違い、就農する人は驚いている。

そもそも、数十キロにわたる、農業地が存在することはそうそうない。

魔物や盗賊、動物、そんな脅威と向き合わなければいけないからだ。

だが、このウィードではそういった脅威は存在しないので、安全に畑を耕せるというわけ。

さて、その状況で、なぜわざわざクワを振るっているのかというと……。

「今年もいい出来だぁー」

「これはおいしそうだ」

「おっきいねー」

そういって、周りのみんなが持っているのは、畑から掘り起こしたサツマイモだ。

「カヤ代表。そっちはどうですか？」

「こっちも上々。いい形」

私の手にも、掘り起こしたサツマイモが握られている。

そう、今日はサツマイモの収穫日なのだ。

農業に携わる者たちにとって、収穫日はまさに生活に直結する大事な日であり、今まで作物を育ててきた成果を確認する日なのだ。

麦や米はさすがに機械で刈り入れしないと無理。

まあ、普通ならもう少し忙しいんだけど、ウィードではこの農耕地は基本的に国有地なので、

人員を集めて一気に作業ができるので楽なのだ。

と、そんなことより、否定をしておかないと。

「あ、ドッドさん。私はもう代表じゃない。ドッドさんが農業代表」

「と言われましてもね。私もあまり実感がないのですが……」

「じきに慣れる。といっても、やることにそうそう変わりはない」

そう言って、すでに私は代表でないとしっかり言っておく。

ちゃんと自覚をもたせないと、いつまでも私がのんびりできない。

ま、基本的に私たち、農業の代表たちは、基本的にウィードの上層部から頼まれた作物や家畜を育てるだけだ。

普通なら気候などに左右されて安定しないものなのだが、ウィードはそういうことはない。

ユキのおかげで、作物を育てるのにはとても良い環境で、のんびりと仕事ができる。

そもそも、いざというときはＤＰで食品の供給ができるので、安心できる。

缶詰の貯蓄などもしているし、ＤＰがなくても大丈夫。

私の夫はやっぱり凄いらしい。

「しかし、私よりも優秀な人たちはいたんですがね……」

「仕方がない。彼らはブランド物の生産に取り掛かっている。自分の農地を必死にやりくりしてる、こういう時は助けに来てくれるし、それだけでありがたい」

「ですね……」

ドッドさんの言うように、優秀？　な人たちはいるけど。

そういう彼らは言っての通り、国営の農場から外れて、個人の農家で自分たちのブランドを作り始めているのだ。

まあ、さすがに失敗して飢《う》えたり、一家離散、浮浪者なんてことになれば問題なので、こういう収穫時期とか一気に人が必要なときは雇って生活の支援をしている。

作物、家畜のブランド化はもちろんユキが推し進めているもので、これが、将来的な農家の切り札になると言っていた。

私にはいまいちピンと来ないけど、ユキがそう言うならそうなのだろう。

「とりあえず、今年のサツマイモは上々のでき」

「はい。そうですね。今年も無事に収穫できて幸いです」

「これなら、子供たちの所の畑も大丈夫そう」

実は、学校に通っている子供たちにも一部の畑を提供して、授業の一環として作物を作らせているのだ。

というより、これは当然のことだった。

勉強を教えるということには反対はなかったが、本来子供たちに学を教えるのは余裕がある家庭のみで、普通は子供は親の手伝いで農作業をしている子供の方が圧倒的に多いのだ。

そうしないと、食べ物が得られないからというのが一番の理由なのだが、ウィードはそんなことはない。だが、ここにきてその習慣をなしにするというのも、親としても子供としても違和感があるので、こうやって子供たちが農作業をするということを授業の一環を整え、ちゃんと自分たちが生きていくために頑張っていると自覚を持たせるのが目的だ。

もちろん、収穫できた作物は子供たちが持って帰って、食べるもよし、私たち農業組合に卸すもよしとなっている。

孤児の子供たちには、美味《おい》しいおやつが増えるので、今日の日のために頑張っている子も多い。

「わー、でっけー‼」

「ほんとうだー」

「まだまだたくさんとろう‼」

「焼き芋だー‼」

そんな元気な声が風に乗って届く。

そうだね。サツマイモの出来を味わうには焼き芋が一番。

無論、その準備も行っている。

「焼き芋の準備は？」

「はい。そちらは引率の先生方と子供たちがやっていますのでもう終わるかと。というか、ユキさんがいますからねー」

「無駄な心配だね。私たちも焼く分だけ残して、搬出を終えたら焼き芋に参加する」

「はい。それがサツマイモの収穫日のごちそうですからね」

「でも、ちゃんと採れてよかった」

「ですね」

本来は陰干しとかいるんだけど、別に陰干ししなくてもちゃんと食べられる。味の善し悪しの問題があるだけ。

焼き芋する予定地では、すでにサツマイモを収穫できた子供たちが集まり、その中央に……。

「よーし、じゃ、焼き芋をつくるぞー。初めての子はこの石皿に名前書いて、その中にサツマイモを入れて、先生たちに渡すんだ。自分でたき火に入れようとはしないこと。下手な場所に入れると消し炭になるからなー。分かったかー‼」

「「はーい‼」」

「じゃ、持ってきてねー」

「ん。どんどん持ってくる」

ユキやリエル、クリーナを筆頭に先生たちが焼き芋を作り始めている。

……リエルは楽しんでいるよね。

だって、子供たちと一緒に芋掘りして、そのまま焼く側に回っているから、焼き芋を満喫するつもり満々だ。

ま、リエルらしいからいいか。

「代表。焼き芋分以外は全部運び出しました」

「……だから、私はもう代表じゃないから」

「すみません。つい」

「はぁ、とりあえず、私たちも焼き芋を大量に焼かないといけない。おすそ分けもたくさんいる。これからもまだまだ大仕事。よっと」

「そうですね。ふんっ」

私とドッドさんはそう話しながら、収穫したかごを持ち上げる。

焼くのは私たちがもつこれだけではない。

関係各所が焼き芋を待ち望んでいる。

まったく、実りの多い秋は大変だ。

そんなことを考えながら、ユキのところへと取れたての芋を持っていく。

「お、カヤ。お疲れ」

「あ、お疲れー‼ たくさんとってきたね」

「ん。これなら、みんなのぶんは足りる」

こっちに気が付いて、三人とも声をかけてくる。

「私たちが焼く場所はある？」

「おう。こっちだ」

「あ、私がやるよ。カヤ、任せてー」

「ん。おいしく焼き上げる」

私はリエルとクリーナに引っ張られていく。

ユキは私から預かったサツマイモを焼くための準備をしている。

まあ、水で洗ったりぐらいだけど。

「今回は、石焼き芋なんだよ」

「大人たちはたき火で石を焼いて芋を焼いてたけど、それだと、子供たちは自分がとった芋が分からないから石皿にしている」

「なるほど。道理で子供と大人は別」

「適度にひっくり返さないと焦げるから、俺たちは大変だけどな。子供たちは頑張って育てて、収穫したんだから、これぐらいいいだろう。と、ほい、リエル焼いてくれ」

「はーい。任せて」

「ん。絶妙な焼き加減にして見せる」

そんなことを話しつつ、燃え盛るたき火と焼き石の中に、サツマイモがどんどん投入されていく。

その間に、子供たちの方はできたのか、取り出しては、石皿に書かれている名前を呼ばれては、嬉しそうな顔で一人一人走り寄っていく。

「あつっ」

「落ち着いて食べろよ。やけどするぞ」

「うん」

ユキの周りには自然と子供たちが集まって、出来立ての焼き芋を食べている。

「せんせーもたべよーぜ‼」

「ちょっとまてよ。まだ、焼き終わってないからな」

「じゃ、まつー」

そんな微笑ましい会話をしている。

うん。私のユキらしい。

「よーし、そろそろいいかな？　クリーナ？」

「ん。そろそろいいと思う。私の炎の魔術の見せどころ。火をどける」

気が付けば、私たちの焼き芋の方もできているみたいで、リエルとクリーナがたき火から焼き芋を掘り出している。

「あつつ……。いい感じに焼けてるね」

「ん。いい匂い」

「あ、カヤ。こっちに来なよ。早く食べよう」

「ん。早く食べる」

「分かった」

周りの職員も呼び集めて、焼きたての芋をもらって、パクリと食べる。

はふはふ……。

熱いけど、これは……。

「おいしーね。先生」

「そうだな。焼きたてが一番だからな」

「もう、俺、二個目だぜ‼」

「落ち着いて食えよ。喉詰まらせるぞ」

ユキの方も食べだしたみたいで、子供たちがひと際騒いでいる。

「……おいしい」

「おいしいね」

「ん。おいしい」

私たち三人はユキと子供たちがわいわい騒いでいるのを見ながら、秋の日が真っ赤に染まり、夜のとばりが落ちる、その一時をのんびり過ごした。

こんな日が続けばいいのにな。

で、日が落ちて、後片付けをして、いざ帰ろうというとき、それに気が付いた。

「よーし。みんな忘れ物はないか？」

「「はーい‼」」

ユキが帰る子供たちに注意を言っている時だった。

「ちゃんと、お土産《みやげ》の焼き芋は持ったか？」

「「はーい‼」」

その言葉に私たちは固まった。

「……リエル。みんなの分は残ってる？」

「……えーっと、たぶん」

しかし、眼前に広がるのは、大量の芋の皮。

一人一個という量でないのは明白だ。

……たしか、みんなの分は一人二個ぐらいで取っていたから。

「……ん。大丈夫。一人一個ということにすれば問題ない」

数を数えていたのか、クリーナはそんなことを言う。

しかし、食べてしまったものを戻すことはできないし、クリーナの言う通りに口裏を合わせるしかない。

だが、世の中そううまくはいかず。

「ユキが撮った写真、見たぞ。山ほど焼き芋を三人で食べておったな……」

「リエル、私たちは一個だけなんてひどいよ……」

「クリーナさん。その食い意地はもう少し、どうにかした方がいいですわよ？」

しまった。

ユキに写真撮られてた⁉

悪事は隠せないみたい……。

第433掘：結局は誰かが割を食う

Side：コメット

机をたたく音が、部屋中に響く。

バンッ‼

「タイゾウさんに、そんな危険なことをさせるつもりですか‼　ふざけないでください‼」

そして、ヒフィーの咆哮《ほうこう》。

あー、耳が痛い。

たく、さっきまで人の研究室でいちゃいちゃして、砂糖吐きそうだったのに、次は音響攻撃とは恐れ入るわ。

目の前には、今にもつかみかかろうとする、ヒフィーを押さえるタイゾウさんと、ばつの悪そうなユキ君がいる。

「わっとっとっと⁉　ふぅー」

あ、忘れてた。

ザーギスはその隅でヒフィーの叫び声を聞いて、フラスコを取り落としそうになって、なんとかキャッチしていた。

さて、なぜ研究室でなんか、修羅場っぽいことになっているのかというと。

当初、タイゾウさんは本日研究室に来る予定はなかったのだ。

だけど、なんかユキ君が色々あったらしく、時間がずれるということで、こっちの研究室に顔を出したのだ。

私とザーギスもタイゾウさんの知識や技術は教えを乞《こ》うているほどだし、研究室に来ることはよくあった。

ま、そこで、私の便利な……いや、健気な友人ヒフィーが今日も今日とて、食事の世話や、研究室の片付けをしていてくれたのだが、顔を出したのは旦那のタイゾウ。

となると、花が咲いた乙女《おとめ》のように、今日はもうお仕事は終わりましたか？　晩御飯は何がいいですか？　などなど、いちゃいちゃし始めやがった。

私としては、友人二人が仲睦まじいのは、こちらの生活の安定につながるので、望むところなのだが、研究室でお花畑な話はやめて欲しい。

気が散ることこの上ない。よそでやれ、よそで。

そんなことを考えていたら、ユキ君が用事を終わらせてきたらしく、そのまま仕事の話になったわけだ。

私もうっすらとは現在の状況を聞いていたけど、まあ、くそ面倒な状況だったし、技術者として引き込まれたので、ユキ君頑張れーって感じで丸投げしていたんだよねー。

で、ヒフィーが咆哮して、現在に至ると。

話を聞いた限りでは、タイゾウさんの無効化スキルを使った制圧作戦みたいだね。

ということは、タイゾウさんは生身で敵地のど真ん中というわけで、そこをヒフィーは怒っているんだろうね。

まあ、普通なら、旦那さんが死ぬかもしれないような場所に送られるのは、許容できるわけないか。普通ならね。

「ヒフィー。落ち着きなよ」

私はタイゾウさんに押さえられているヒフィーにそう声をかけて近づく。

「これが落ち着いてなんていられますか‼」

なんというか、心根は変わってないね。

短気は損気というべきか、心優しいってのは難儀だね。

だからこそ、ここまで来たんだろうけど……。

とりあえず、ここまで憤慨《ふんがい》してては話が進まないので、チョップをくらわす。

「はうっ⁉」

「そんなに興奮してちゃ、話も正確に聞けないだろう？」

「何をっ‼」

「だから、落ち着けってば。何？　今から熱湯風呂にでも入るかい？」

「うぐっ……」

うむ。あの罰ゲームはやっぱりトラウマになっているようだね。

さて、どこから話したもんか……。

「えーっと、ヒフィーはタイゾウさんを使者として送りこむことに反対なんだよね？」

「とっ‼……当然です」

「よしよし、それでいいんだよ。怒鳴らなくてもユキ君も私も分かるからね」

「……私はそのようなことは認められません」

「ま、そうだろうね。でも、代案はあるのかい？」

「それは……。ユキ殿の精強な部下たちであれば……」

「うん。確かに、スティーブ君たちなら可能だろう。そもそもなスペックだって、私や君を上回っているんだから」

「ならば……」

「だけど、それはタイゾウさんが赴くより、ずっと危険が多い。スティーブ君たちはもとより、魔術国の人々も確実に傷つくだろうね」

「そんなのやってみなければ……」

「分からない？　そんなわけないだろう？　魔術やスキルを完全に封じるタイゾウさんと、実力行使で行くしかないスティーブ君たちとではまるで危険性が違う。ヒフィー、君の気持ちはよく分かっているつもりだ。今君は、私が今まで見たことないぐらい幸せそうだからね。それがなくなる危険は万に一つでも容認できないだろうね。でも、それは、代わりに他の人たちへ危険を押し付けることだよ。分かっているだろう?」

「……」

ヒフィーにとっては、二度と手に入ることない幸せだ。

それを手放したくない気持ちはよく分かるよ。

私もこうやって普通にヒフィーと馬鹿な話ができる日が来るとは思ってなかったからね。

斬られたあの日に私の人生は終わったと思っていたし、私の遺体を利用したヒフィーにも特に思うところはなかった。

だって、そのために、大陸を救うために、色々なものを犠牲にしていたからね。

だけど、今回は違う。

「ヒフィー。何度も言うけど、気持ちは分かる。だけど、それは、今までの自分を裏切ることになる。無論、協力していた私たちも含めてだ。君は、せめて人々が幸せに暮らせるようにと願って立ったんだろう?」

「でも……、タイゾウさんをそのために……」

「だから、落ち着くんだ。私も君の幸せをぶち壊してまで、平和なんて求めてないさ。そんな無茶を要求するなら、私もユキ君と敵対するよ。でも、違うだろう? こうやって、頭を下げて、説明をしに来て、一番これが確実で、被害が少ないから頼みにきたんだ。無論、タイゾウさんの安全にはちゃんと万全の体制を整えるだろう。……ヒフィー、君はちゃんとそこら辺を聞いて、考えて話すべきだよ。落ち着いて考えてなお、認められないというなら、私も無理は言わないし、ユキ君も無理強いをしないさ」

「……分かりました。少し考える時間をください。あっちの部屋を借ります」

「うん。落ち着いて考えるといいよ」

ヒフィーは席を立ち、隣の部屋へと入っていく。

あっちは休憩室だから、落ち着いて考えるには最適だろう。

私がそんなことを考えていると、タイゾウさんがユキ君に話しかけていた。

「いや、すまない。まさか、ヒフィーさんがあれほど怒るとは思わなかった」

「いえいえ。こっちも、無茶を言っていますから。こんなことを言って申し訳ない」

「気にしないでくれ。ユキ君の話は実に理に適っている。ヒフィーさんも分かってくれるだろう」

そう言って、ヒフィーが入っていった部屋に視線をやる。

私はそのタイゾウさんの言葉に思うところがあって話しかける。

「ありゃ。タイゾウさんは、自分が敵地に送られることには特に思うことはないのかい？」

「これでも、技術屋といえど私は軍人だからな。敵地に赴《おもむ》くことに何もためらいはないさ。さっきも言ったが、理由も理解できるし、これが最善の手だろう。ま、神風特攻なら断るが、ちゃんと安全も確保されているし、これで死ぬなら仕方がないさ」

「あー。うん、タイゾウさんの覚悟は分かったけど、それだからヒフィーは嫌がったんだろうね。そこはどんなになっても戻ってくるって言わないと。不安になるよ」

なるほど、結婚しても無骨なのは相変わらずね。

……ヒフィーもヒフィーだが、タイゾウさんもタイゾウさんだねー。

うーん、何か保険があればヒフィーも納得してくれると思うけど、何が保険となりうるかが問題か……。

その時、私はひらめいた。

「あっ、いいこと思いついた。これならヒフィーも安心して、タイゾウさんを使者にすることを納得してくれると思うよ」

「何かいい手がありますか？」

「とりあえず聞かせてくれ」

「それは、私も使者についていけばいいんだよ。ヒフィーの親友だからね。私がついていけば、安心するんじゃないかな？」

「なるほど」

「うーん。まあ、相手は魔術神とか言ってるし、魔術が得意なコメットに行ってもらうのはそういう意味でもありだな」

　そうでしょうとも、相手が魔術の神とか言うなら、私も見てみたいしー、ちょーっとウィード以外の場所も見てみたいから、私としてはお仕事というちゃんとした理由ができるから万々歳。

「……私が隣の部屋で掃除をしている間に、勝手に話が進んでいるようですが」

　気が付けば、ヒフィーがごみ袋を抱えて、部屋から出てきていた。

「あ、お帰り」

「お帰りじゃないです‼　なんで先週掃除したのにゴミだらけになっているんですか⁉」

「え？　そんなに散らかってたっけ？　ザーギスじゃない？」

　私がそう言うと、フラスコを取り落としたザーギスがわたわたしながら、なんとかキャッチして口を開く。

「い、いきなり、私を巻き込まないでください。これでも部屋の整理整頓、掃除はしっかりしていますよ」

「ザーギス殿に罪をなすり付けないように‼　どう考えてもコメット、あなたしかあり得ないんです‼　だって、ほら、スナック菓子の袋ばっかり‼　ザーギス殿は基本和菓子ですよ‼　ねえ、タイゾウさん‼」

「あ、ああ。そうだな。彼は基本和菓子だな」

「あれー？　って、ちょこっとじゃないか。大袈裟な」

「あーもう‼　一週間で隅に10以上のスナック菓子の袋が放置されているんですよ‼　少しは自分で片づけるということを覚えなさい‼」

えー、あとでまとめて捨てようと思ってたんだけどなー。

「そんな顔してもダメです。どうせ、あとで片づけようとでも思ったのでしょうが。そんなことを思うのであれば、即時処分しなさい。ごみ箱に入れるだけです‼」

「ヒフィーは私のお母さんかい？」

「誰がお母さんですか‼　こんなでかいゾンビの娘はいりません‼」

いや、自分が私をリッチにしたくせに何て言い草だ。

……ひどい、ひどいよ。

「……ウソ泣きは結構です。あなたがこの程度で傷つくわけがありませんから」

「ちっ」

さすがに付き合いが長いだけあって、泣き落としはもう通用しないか。

「……なあ、ユキ君。女性の怒っている、泣いているというのは、私には真偽の判断がつかないのだが、君は分かるか？」

「……女性はそういう生き物だと思った方がいいですよ。頑張ろうとして、藪をつついて蛇はいやでしょう？」

「……そう、だな。あれは彼女たちなりのコミュニケーションとして見ておいた方がいいな」

そうそう、こんな癇癪《かんしやく》持ちの奥さんのことは生暖かい目で見守る方がいいよ。余計な口答えするとこうだから。タイゾウさん。

「コホン。では、先ほどの話の続きですが、掃除をしながら考えました。確かに、この方法が最善でしょう」

「ヒフィーさん。分かってくれ……」

「ですが、私が心配していることも分かってください。なので、私から条件があります。いいでしょうか？　タイゾウさん、ユキ殿」

「条件ですか？」

「とりあえず、言ってみてくれ。判断ができない」

「では、そこのコメットがタイゾウさんの護衛に付くという話をしているのですが、こんなごみを散らかすのが護衛では心配でたまりません」

「「……」」

あれー？

二人とも、そこは否定してよ。

それを補って余りある頭脳があるんですよ!?

「本来であれば、妻である私が、供をするべきなのでしょうが、さすがにそれは王として国をないがしろにすることになるので、血涙を飲んで諦《あきら》めましょう。ですので、コメットではなく、ポープリを連れて行っていただきたいのです。彼女なら、コメットより信頼ができ、仕事も十分に果たしてくれるでしょう」

「「あー」」

「ちょっと待てや‼　なんで、私の教え子なんだよ‼　私の方がスペック上だよ‼　上‼」

「その教え子に負けたし、言っての通り、仕事ぶりはあなたより信頼できますから」

「おっし‼　そのケンカ買った‼　表出ろ‼」

「いいでしょう。いつか、そのノー天気な頭をきつく叩いてやろうと思っていましたから」

ということで、私とヒフィーは世界を救う前に決しなければいけない戦いに赴くのであった。

「とりあえず。ポープリ殿に話を通してもらえるかな?」

「ええ。連絡して呼び出します」

第434掘：一番割を食った人

Side：ポープリ

「なるほど。なかなかこちらも大変みたいですね」

私はユキ殿に呼び出しをされて、ウィードに赴いていた。

無論、仕事の話であって、新作のケーキをあげるからということで来たわけではない。

今、ケーキを食べているのは、話を聞くうえでお茶うけとして出されたので、心遣いを無駄にするような無粋なことはできないので、ありがたく食べているだけである。

加えて言うなら、ララやアマンダの分のケーキをお土産としていただいているのも、ユキ殿の心遣いであり、私が要求したものではない。

「というわけで、そっちがそこまで忙しくないのであれば、手伝って欲しいんだが……」

「かまいませんよ。学府の仕事はノーブル殿のおかげで、各国の橋渡しぐらいですから」

そう、私たちの大陸の方は、現在、ユキ殿の予定通り、ノーブル殿を中心に同盟を結ぶ活動が行われている。

ダンジョンのゲートのほぼ無償譲渡という案で、大国は前回の騒動への非難追及をやめた。

表向きは、犯罪集団がダンジョンを悪用していて、本拠地がノーブル殿の国エクスに在っただけということになってるから、そのお詫びとしては十分すぎると思っている。

私はその作り話が真実であると口裏を合わせるだけだ。

ホワイトフォレストの面々も師の望みならということで、あっさり頷いてくれた。

無論、ちゃんと説明もしたし、非公式の会談でノーブル殿が頭を下げたのが受け入れられた理由だとは思う。

無論、王の妹に、宰相の姉である聖剣使いの二人が一緒に説得、説明に来たのも大きいだろう。

その他の大国も、ユキ殿の根回しとか付き合いのおかげで大きな問題もなく、同盟を結ぶのに苦言を呈しているところはない。

ま、武勲を得たい武官や、傭兵《ようへい》共などは騒いでいるが、ゲートという規格外の流通の確保、および同盟軍の即時進軍が可能になった今、もはや戦争をする意味がとても低くなり、そういう意見は少数派だ。

そういう奴らは色々こそこそ動くので、前回の騒動を起こしたとされる犯罪者集団の一派とみなして、堂々と処罰できるのがありがたいと、同盟推進派には喜ばれていたりする。

しかし、まだまだ始まったばかり。油断はできないが、昔のようにいつ隣国が攻めてくるか？　という感じのピリピリした空気はなくなってきている。

「話は分かりました。しかし、私を信頼してくれるのは嬉しいのですが、そういう話であるなら、師匠の方がいいのでは？」

タイゾウ殿の護衛という話だが、私よりも付き合いの長い師の方が適任だと思うのだが……。

ヒフィー殿のためとはいえ、付き合い自体はそこまではない。

だから、私より師の方が安心できるのではと思ったのだ。

というより、私や師がいても、ユキ殿の奥方たちが赴くのだし、心配は無用だと思うのだが、新婚であるヒフィー殿の安心のためだし、そこらへんは何かを言うのは無粋だな。

「あー、それなんだが……」

「何か問題でもあったのですか？　そういえば、師やヒフィー殿はどちらに？」

「簡単に言うと、ヒフィーがコメットを信用できねーから、ポープリでお願いしますという話になってな」

「はい？　あの二人は親友と言っても間違いない間柄ですが？」

「仲が良すぎるんだよ。ほれ、コール画面で魔術演習場を見てみろ」

「魔術演習場？　なんでまた……」

私はそう言いつつも、ユキ殿の言葉に従い、魔術演習場の映像をつけると……。

『いつもいつも、便利なメイドとでも思っていたんでしょう‼』

『そ、そんなわけ、な、ないよ？』

『こっちを見てから言いなさい‼』

ズドーン‼

『あっぶな⁉　いくら超高性能リッチだからといって、あんな光の攻撃魔術食らったらただじゃすまないよ‼　ヒフィーは手加減を覚えなよ‼　こうやってね‼』

チュドーン‼

『どこが手加減ですか‼　新婚の私に傷がついたらどうするんですか‼　それが分からない、コメットのくさった脳には光を当てる方がいいんですよっ‼』

ズドドド……‼

『誰が、人の遺体をおもちゃにしたんだよっ‼』

ドガガガ……‼

なんか凄い魔術戦なのに、言い合っている言葉が追い付いていない。

……子供のケンカか。

「というわけで、現在ののしりあいながら、今までのうっぷん晴らしという、じゃれあいをしているわけでな」

「まあ、そこは友人同士の戯《たわむ》れとして構わないのだが、あれではヒフィーさんが心配するので、ヒフィーさんの推薦《すいせん》もあり、真面目なポープリ殿にお願いしたわけです」

こうやって、言葉を濁しているが、私には分かる。

いや、誰でも分かるだろう。

だから、特に学府とか他のしがらみもないから、遠慮なくこう言える。

「我が師と、その友人がご迷惑をおかけしました」

深々と頭を下げて謝る。

どう見ても勝手にケンカして、私に仲裁を頼みに来たとしか思えない。

はぁ、なんで自分より年上のババアたちのために頭を下げないといけないのだろうね……。

耄碌《もうろく》しているならともかく、普通に肉体は若くて、意識もはっきりしているのでタチが悪い。

「正直、身内があれだと頭が痛いだろうが、とりあえず、そういう理由で、ポープリが適任という判断になったわけだ」

「確かに、あの様子では、というより、師匠がおとなしく護衛の任をするような性格ではありませんからね。ヒフィー殿の心の安寧の為にも、私が出た方がいいでしょう」

師が人の要求を素直に聞くわけがない。

あれは、自分の好きなことを好きなようにやるタイプだ。

まあ、心根は優しくはあるので、忘れていなければしっかりフォローをしてはくれるが、護衛などという面倒なことをするとは思えない。

話を聞く限り、同行したい理由は魔術国の技術が知りたいだけだろう。

「よし、協力は得られたな。あとは、いったんあの二人を止めないと話が進まんな。いや、勝手に進めた方が早いか？」

「そういうわけにもいかんだろう。まあ、作戦の要である私の力を見てもらうのにもちょうどいいから、私が止めてくる」

そう言って、タイゾウ殿はあの二人を止めるために部屋を出る。

私としてはユキ殿の話に賛成なのだが、タイゾウ殿の意見も至極もっともなので、本人が止めるというのであれば、止める理由はない。

勝手に話を進めたら進めたで、どうせ文句を言われそうだし、私としてはありがたくもある。

「しかし、タイゾウ殿が止めるのかい？　例の魔術・スキル封じを使って？」

「そうみたいだな。詳しい能力の範囲は聞いたか？」

「いや、私はあの決闘の時に見てたぐらいで、詳しい内容は知らないな」

「一緒に行動するから、ほれ、一応タイゾウさんのスキルに関しては把握しとけよ。というか、ポープリもタイゾウさんのスキル範囲では魔術やスキルは使えないからな」

そう言いながら、ユキ殿は書類をこちらに渡してくる。

私が魔術やスキルを使えなければ、ただの可愛い幼女なんだけど……。

まあ、ヒフィー殿の心の安寧のためだから、いいのか。

どうせ、ちゃんとした護衛は他にいるだろうし。

で、なになに……。

タイゾウの所有スキル　我が故郷の在り方を示す
・スキル名「我が故郷の在り方を示す」の意味
おそらく、魔術やスキルが存在していなかったと思われる、ユキやタイキ、そしてタイゾウの故郷、地球と同様になるよう、空間の法則を書き換える力だと思われる。
・効果　魔術およびスキルを封じる
文字通り、魔術、スキルの使用ができなくなる。

これは、放出系はもちろんのこと、肉体強化など、地球の常識を逸脱するような効果が見込めるものを排除する。

これの効果の判別はいまだ詳しくはできていないが、ドッペルの遠隔操作などは排除されないので、おそらくは、スキル効果範囲にある個体の、魔術や能力上昇を限定しているものだと思える。

実際に、剣術スキルなどは、訓練で得られるものでもあるので、これがなくなったりはしていない。

決闘の際にはタイゾウとタイキの剣術勝負から始まり、体術、殴り合いとなったから、自ら鍛《きた》えており、なおかつ地球でも当たり前の力であれば行使できると考えられる。

ドッペルの遠隔操作については、これはスキルではなく魔術に近いものではあるが、魔術というより魔力そのものを電波のように流して操作しているので、阻害されないものと考えている。

そして、特筆すべきは魔力生物に対して無類の強さを誇《ほこ》るということ。

魔力生物、つまり、本来生物としてはあり得ない形態のスライムやゴーレム、魔術によりよみがえった動く死体アンデッド、はては高魔力の塊《かたまり》とされる神は、個体の中にある、自身の生命維持機能を魔術、スキルによって補っているので、それを行使できなければ体の維持が不可能となるのだ。

ドッペルの場合は、自身の維持のための食事を必要としているので、おそらく、内部で魔力を生成できるか？　というのが大事なのかもしれない。

この話だと魔力生物はデメリットしか見えてこないが、魔力が一定量補給できる空間であれば食事を基本必要としないので、そういった面での利点もあり、魔力の塊であるがゆえに魔力をそのまま蓄《たくわ》えて、レベルに関係なく力に転換できるのが強みだろう。

それを操るのには、個体の訓練が必要だろうが。

・効果範囲について

上記のように非常に強力なスキルではあるが、範囲がおよそ直径30メートルほどと、実はけっこう小さい。

大規模戦闘に際してはあまり役に立たない。

むしろ、大規模戦闘では、数の力に押しつぶされてしまう可能性が高まるので、使用するのはおすすめできない。

・効果時間について

タイゾウ自身の力量に左右されるらしく、ウィードに来た当初は30分前後だったが、ウィード式レベル上げの結果、3時間近く維持できるようになっている。

・バリアのような効果はあるのか？

これは、効果範囲外で発動した魔術やスキルによる攻撃を防げるのか？　という疑問だが、完全に魔力で作られているものは、その維持と発動がなくなる。しかし、物質を出現させて投てきする魔術、肉体強化による物理的エネルギーに変わったものに対しては効果がないことが分かった。

つまり、炎や雷などは収束、誘導するための魔力が否定されるので消えるが、石礫や氷の塊などを魔術によって射出された場合は物体が飛ぶというエネルギーが発生しているので、そのままの速度で自然減速して落下するまで飛ぶ。

このように、バリア、盾として使うには心もとないので、既存の魔力防壁を使った方が安全であると判断する。

・このスキルを防ぐ手立て

無論、スキル発動本人に使用をやめてもらうか、意識を奪う、命を奪えばいい。

間接的な手段としては、デコイ、囮を用意することで、魔力生物の本体の魔力減衰を遅らせることができる。これは新大陸で開発した魔力消費減衰のペンダント系で効果が確認されているが、記述の通り、遅らせるだけである。

力技的には、ルナのような超魔力があれば、タイゾウのスキルを上回り阻害できることが確認されている。というかそんな魔力はルナぐらいしかないので暴論と言っていいだろう。

・総合判断

特定の相手に対しては絶大な効果を期待できる。

しかし、その反面、その効果が範囲にいる全員に、敵味方区別なく無差別に適応されるので、諸刃の刃でもあり、使いどころは極めて難しい。

使うのであれば、戦闘を目的とするのではなく、交渉などの話し合いの時に使用して、突発的な魔術的、スキル的な妨害にする防衛として使用するのが望ましい。

似通っている事柄は、ダンジョン内のトラップである、魔術、スキル使用禁止エリアと似ているかもしれない。まあ、厳密には違うのだが、似ているということこれである。

「ふむ。効果を体感した時には、恐ろしいスキルかと思ったけど、これはこれで穴だらけだね」

「だろう。ま、ヒフィーが心配するのも分かるんだよ」

「で、私はお飾りみたいだけど、実際に護衛に当たるメンバーはどんな武装で行くつもりだい？」

「間近で護衛するのは、ジェシカとリーア、リエルだな。近接武器を持たせておく。女性じゃないと向こうも警戒するだろう」

「なるほど。それは分かる。で、間近ってことは、そうじゃないのもいるんだよね？」

「無論、スティーブが率いるダンジョン攻略工作部隊を展開させておくから、すぐにでも部屋に突入、狙撃ができるようにしている。装備品は銃器メインで」

「それはそれは……」

何かあった場合、相手は、魔術やスキルが使えず、ハチの巣にされるわけだ。

私たちはその少しの間だけ、耐えればいいと。

うん、相変わらずおっそろしいね。

「で、そのタイゾウさんが会談している間に、ダンジョンを掌握する。魔術やスキルが封じられていれば、外部の情報は得られないから、それが実際本命」

交渉自体が囮とか、……鬼か。

落とし穴77掘：秋の夜長の……

秋の日は釣瓶《つるべ》落とし
なんて諺《ことわざ》があるように、井戸に釣瓶、桶を落とすように、あっという間に日が暮れる。

夕日がきれいだなーなんて思ってたら、もう真っ暗なんてのはよくあることだ。

夏の日長な時期からの様変わりだから、その差を顕著に感じるのだろう。

そして、異世界はアロウリト、その一つの大陸にあるウィードという国もまた四季を持っていて、秋に入り、とっぷりと日が暮れている。

文明がまだ発達していない所では、日が暮れると光源などの問題で仕事ができず、夕御飯を食べて寝てしまうことが多い。

しかし、それは一般的とも言い難い。

実のところ、夜になれば確かに、仕事をやりづらいので、家にいるなら夕御飯を食べて寝るぐらいしかないが、ちゃんとした夜の楽しみもあるのだ。

それは飲み屋である。酒といったアルコール、昔でいうなら酒精を扱う店で、主に仕事が終わった夕暮れから夜にかけて開けている店である。

そもそも、お酒は昔から数少ない娯楽の一種で、一般の人々にも広く飲まれていた。

いや無論、多少余裕がある人という前提はつくが。

ということで、ウィードにある飲み屋も今日とて仕事終わりの人々が集まって、いや、物々交換ではなく、貨幣《かへい》をしっかりと基礎として流通させているウィードでは、誰でも金銭による支払いが可能となっているので、仕事終わりの一杯というのはかなり流行っていた。

こういうところは、世界が変わっても変わらない、働く人々にとっての息抜きの場所なのだろう。

Side：タイゾウ

そんなことを、目の前で飲んでは騒ぐウィードの住人を見て思う。

ヒフィー神聖国にいたときは仕事仕事でそんな段階ではなかったからな。

いや、もとより祖国は日本でも勉強と研究漬けでそんな暇はなかったな。

私もかなり偏った生活をしていたものだ。

こういう場面は見てよく知っているものの経験自体はほとんどない。

そんなことを考えて苦笑いしていると、後ろから声をかけられる。

「すみません、お客様。お待たせしました」

「いや、繁盛しているみたいですね」

「あはは、この時間帯はいつもこうですよ」

ばたばたと注文の品を運んでいた店員がこちらに来て、笑顔で対応してくれる。

当然だと思う接客だが、前後の仕事量からよく笑みを浮かべられると感心する。

どの仕事にも楽はないと思う瞬間だな。

「あのー、お客様はお一人様でしょうか？」

「あ、いや、予約をしているはずです」

「ご予約のお名前は？」

「確か……ヴェルグだったかな」

「ああ、鍛冶《かじ》区の副代表の。こちらですよ」

彼女はその名前ですぐに察しがついたのか、すぐに案内をしてくれる。

そう、ヴェルグというのは、聞いた通りナールジア殿の鍛冶区の副代表をつとめるドワーフだ。

現在の代表で変わりがないのは、冒険者区と鍛冶区ぐらいのもので、鍛冶区は職人気質が多いもので、進んで代表になりたがる者がいないそうだ。

あと、技術的な実力主義でもあるので、独自に代表の立候補者には試験が設けられていて、それをクリアしないと代表としては認められないというルールがある。

これは、人より長生きする妖精族やドワーフ族だからできる、職人魂から来ることだろう。

無論、代表にならないと認められないというわけでもなく、ちゃんと腕のある職人は人や獣人にもいるので、ただ計算とかしたくないだけだろうが。

「こちらの部屋になっております」

「ありがとう。と、まだ誰も来てないみたいだな」

「はい。お飲み物とかはどうしますか？」

「ほかの人がそろってからでお願いします」

「はい。かしこまりました。では失礼します」

どうやら私が一番乗りらしい。

靴《くつ》を脱いで、座敷部屋に上がる。

特に上座下座ということを気にするような飲み会ではないので、他の人たちが座りやすいように、奥の方へ腰を下ろす。

すると、ふいに自分の行動がおかしく思えてくる。

なんで私は、異世界に来て当たり前のように、座敷部屋で座っているんだろうな……と。

人生色々あると言うが、ここまで奇天烈《きてれつ》な経験もないだろう。

洋式の文明の地域にいきなり来たかと思えば、日本の様式をしっかり整えられる同郷の人間と出会いであり、一人は遠い血縁ときたものだ。

いったいこんな与太話を誰が信じるんだろうなと思ってしまう。

そんなことを考えていると、障子が開けられる。

「こちらです」

「どうも。おや、タイゾウ殿が一番乗りでしたか」

「ザーギス殿が二番目ですよ」

「そうですか。では、私も奥の方にいきますかね」

そう言って、ザーギス殿は私の向かいに座る。

彼は魔力の異常で生まれる魔族という種族で、魔力を使う魔術の才能に長けていて、その手の研究の腕を買われて、ユキ君が魔王のところから引き抜いたそうだ。

もともと研究職で、魔王のところではけっこう軋轢《あつれき》があったらしく、喜んでこちらに来たらしい。

どこの世界も研究職というのが理解を得られることはなかなか難しいらしい。

「どうですか、最近は？」

「いやー、こういうのは日進月歩というのは、まあいささか違うかもしれませんが、やはり積み重ねですねー」

「そうですな。知識や新しい考えを常に取り入れなければ、新しい発見にはつながりませんからな」

「ま、思いつくときは一瞬なんですけどねー」

「そうそう」

私とザーギス殿がそんな話をして盛り上がっていると、残りの人も続々集まってきた。

「なんじゃ、わしらが一番かと思ったんだがな」

「ヴェルグのおっさん。何言ってんだよ。迎えに行ったとき、あと少しって言いながら結局30分待ったよな」

「ですねー。俺とユキさんが置いていくって言ってからようやく追いかけてきたんですから」

「む。そうだったか。まあ、いいじゃないか。全員集合したことだし、おーい、注文頼むー‼」

「はーい‼　ただいまー‼」

すぐに返事が返ってきて、先ほどの店員がこちらに来る。

「さて、ひとまず飲み物だが……。まずは生でいいか？」

特に否定する理由もないので全員うなずく。

「じゃ、生を5つと、から揚げ、焼き鳥のモモ串を……」

ヴェルグ殿が一気に注文をしていく。

足りない分や個人的に食べたいものは後で頼めばいいというやつだ。

今はひとまず、適当に注文して……。

「お待たせしました。まずは生5つと、こちらがから揚げと……」

さほど時間もかかることなく、ビールとつまみを同時に持ってきてくれた。

これですきっ腹に酒というのは避けられる。

人によっては結構酒の回りが早くなるとか聞いた覚えがある。

ま、そこはいいとして、目の前に置かれたジョッキをしっかりと握る。

「さーて、ユキの大将。挨拶たのまー」

「はいはい」

飲み会の開始の音頭はユキ君がとるようだ。

まあ、彼がこのダンジョンの主なのだから当然か。

「では、長ったらしい挨拶は抜きで。今日は男だけで飲むぞー‼　乾杯‼」

「「乾杯‼」」

そう言って、お互いグラスをぶつけ合っていい音が響き、それを確認したあと、一気にビールを流し込む。

「「ぷはぁ‼」」

私としては酒はあまり嗜《たしな》まないし、うまいとも感じないが、こういう時に合わせて飲むのはありだと思う。

こういう雰囲気もいいものだ。

そして、各々、机の上にあるつまみを口へ放り込んでいく。

「いやー、この一杯のために生きてるな‼」

「相変わらずですねー。ヴェルグさんは」

「あたりめえよ‼　タイキ、酒って俺たち、ドワーフにとっては命の水なんだよ‼　分かるか‼」

「何度も聞いたって。と、から揚げ食べます？」

「お、ありがとう。んー、やっぱり揚げたてはうめえ。ここが一番早く持ってきてくれるんだよ」

「へー、だからヴェルグさんがここの予約をとったんですね」

「おう。他のものもうめえからどんどん飲んで食べようぜ」

「はい」

タイキ君とヴェルグ殿は勇者装備の云々で結構個人的に話すらしく、今みたいに結構仲がいい。

こちらはユキ君、私、ザーギス殿で話をしている。

「で、そっちの二人は先に来てたみたいだけど。何話してたんだ？」

「あー、ただのいつもの研究の進捗ですよ」

「そうだな。どの技術も日進月歩という話をしていたな」

「飲み会でも、研究の話っていうのは、職業病だなー」

「ははっ。いまさらそう簡単に変わりませんよ」

「だな。私たち技術屋や職人はすべからくこんなものだ」

「そんなもんかねー。っと、飲み物なくなってるなー。注文とるか、すみませーん‼　なんか追加とかある？　ほらメニュー」

私とザーギス殿は渡されたメニューを一緒にのぞき込む。

「うーん。どれも美味しそうですね。日本食ははずれがないですから。冷奴かな？　何かおすめとかありますか、タイゾウ殿？」

「そうですなー。お、これはどうですか、サンマの塩焼き。秋が旬と言われていて、脂がのって美味しいですよ」

「じゃ、それも頼んでみましょう」

そんなことを話している間に店員が注文を取りに来たので、とりあえず食べてみたいものを頼んでいく。

無論、酒の追加も開始した。

すでに一杯目でビールはあおっているので、全員、好みの酒を注文している。

そして、さほど時間を空けずに、注文の品がやってくる。

「タイゾウ殿は日本酒ですかー」

「故郷の酒ですからね。そう言うザーギス殿は赤ワインですか」

「ええ。私も故郷の酒といったところですよ。と、二杯目ですが、乾杯」

「乾杯」

二人で酒を飲む。

「ふう。慣れ親しんだ酒はやはりいいものですね」

「同感です。五臓六腑にしみわたりますな。と、サンマの塩焼きでも食べてみませんか？」

「ああ、これはどうも」

差し出したサンマをザーギス殿は綺麗《きれい》な箸《はし》使いで口に運ぶ。

さすが、ウィードができた頃からいる人である。

しっかり日本の文化に染まっている。

で、サンマの反応はというと……。

「美味しいですね‼」

「口に合ってよかった。そこの大根と醤油、柚子などかけると味に変化が出てさらに美味しいですよ」

「ほう。では……。んー、これは凄い‼」

ザーギス殿はさらにサンマをパクパクと口に運び、あっという間になくなってしまう。

「あ、すみません。あまりに美味しかったもので……」

「いえいえ。また頼めばいいだけですよ。次は、日本酒と一緒にどうぞ。サンマに合うのは日本酒ですから」

「なるほど。確かに、料理に合う酒というのはありますからね。次はそうしましょう。と、サンマの塩焼きは二皿いりますね」

「そうですね」

そう思って注文しようとしたのだが、思わぬところで待ったがかかった。

「俺たちもサンマの塩焼きと日本酒を頼む。あんなに美味しそうに食われるとこっちもたまらん‼」

「だなー。こっちもお願いします」

「秋のサンマ……。ごはん大盛りをお願いします‼」

ヴェルグ殿やユキ君、タイキ君も頼むようだ。

しかし、ご飯の大盛りは捨てがたい。

私も頼むべきだな。

「すみません。ご飯の大盛りは二つでお願いします」

さてさて、飲み会はまだまだ始まったばかりだ。

秋の夜長というし、まだまだ夜は始まったばかり楽しんでいこう。

Side：ナールジア

ぬふふ、今日はユキさんたちもいないお楽しみの……。

「今日は、男抜きの女子会だー‼　かんぱーい‼」

「「「乾杯‼」」」

ユキさんの奥さんたちはもちろん、リリーシュ様やヒフィー様も誘って、秋の夜長で飲みまくりだー‼

「ぷはー‼　この一杯のために生きてるわ‼」

「ミリーったら、あんまり飲みすぎちゃダメですよー」

「大丈夫だって、ナールジア。ちゃんとここには医療のエキスパートもいるし問題ない」

確かに、ルルアさんに、リリーシュ様もいるから問題はないか。

お酒大好きの同志が飲めない苦痛を気にしていたが、大丈夫そうだ。

「ということで、バンバン飲みましょう‼　いつも禁酒してるからへーきよ、へーき」

「なるほどー」

「あのー、ミリー。あんまり飲みすぎはよくないですよ？」

「まあ、ミリーちゃんも我慢していることだし、たまにはいいでしょー。本当にまずそうだったら止めに入ればいいしー。と、ルルアちゃん、はいお代わり」

「あ、どうもありがとうございます」

そんな会話をしつつ、ルルアさんもリリーシュ様もお酒飲んでるし、ＯＫＯＫ‼

そうして、皆で色々注文して美味しいものを食べると……。

「サンマの塩焼き、5つ追加入りました‼」

そんな店員の声が響く。

「サンマの塩焼き？　それ美味しいのかな？　ミリー知ってる？」

「うーん。どうだったかしら？」

「えーと、お兄さんのところでは秋が旬の美味しい魚だった気がします。ですよね？　リエル？」

「うん‼　そうだよ‼　僕も頼もうっと‼」

「あ、じゃ私も」

「「私も」」

なんて感じで、秋の飲み会はサンマを頼むのが常識となった気がする。たぶん。記憶がないだけですけど。

落とし穴78掘：中秋の名月

中秋の名月とは、簡単に言えば月を愛でる風習である。

現代の言葉で分かりやすく言うとお月見である。

まあ、調べると色々な起源があるわけだが、まあお空に浮かぶお月様を崇めたり、忌諱《きき》したりみたいなお約束のよくある話だ。

今では、科学的な解明が進み、信仰の対象という見方は少なくなり、ただの秋の風物詩となっている。

それも当然、月は地球の周りを回る衛星であり、人の住めぬ不毛の地である。

うさぎが餅をついていることもなく、かぐや姫もいなかった。

身も蓋もない、夢もないような現実が突き付けられたわけだが、それでもお月見というのはなくなっていない。

いいじゃないか、実際にいなくても。

そういうのは夢があるだろう？

Side：ユキ

季節は秋。

ということで、お月見のことを思い出して、アロウリトにも似た行事があればそちらのやり方をした方がいいだろうと思って、アスリンたちにお月見のことを聞いてみたんだが……。

「おつきみ？　お兄ちゃん、それ何？」

「よくわからないのです」

アスリンとフィーリアはそう言って首を傾げるばかりだ。

まあ、この二人は小さい頃から奴隷だったし、そういう文化に詳しいわけがないか。

そう思って、沈黙《ちんもく》しているラビリスの方へ視線を向ける。

ラビリスは結構博識なのでそういうことには詳しいかもしれないし、考え込んでいるようだから、何か知ってるのかもしれない。

「うーん。……どこかでそんな話を聞いた気がするわ。月が綺麗に映る夜は魔力が上がるとか、強くなるだとか……」

やっぱりそういう話はあるのか、地球でもそういった話は多いよな。

まあ、あれだけ分かりやすくて、基本毎日見るものだから、信仰の対象にはなりやすいよな。

「そっか、なら詳しいことを知っていそうな人を訪ねるか。俺の知ってるお月見とは意味合いが違いすぎて問題になるのもあれだしな」

「……そうね。それがいいと思うわ」

ということで、お月見に似た習慣とか信仰があるかを聞きに出るのであった。

「ねえ。お兄ちゃんの言うお月見ってどんなのなの？」

その途中でアスリンからお月見に関しての質問が飛ぶ。

「そうだなー。昔は色々とあったみたいだけど、今じゃ、ただ秋の長い夜の暇つぶしみたいなもんだな」

「暇つぶしなのです？」

「そうそう。夜になると真っ暗で外で仕事も遊びもできないだろう？」

「うん」

「でも、夜は長いから、寝られない人が思いついた。綺麗な月を皆で見ながら、のんびり食べ物やお酒でも飲めばいいじゃないかってな」

「えー、それじゃ、毎日お月見だよ？　お金なくなっちゃうよ？」

「そうだな。だからある程度条件を決めたんだ。秋の満月の綺麗な夜ってな」

「なるほどーなのです」

「満月になる日は少ないものね。それならお財布にも優しいわね」

なんて、アスリンたちに分かりやすく説明をしながら着いた先は……。

「はい。ユキさんなんでしょうか？」

庁舎にいるエリスの所だった。

俺の嫁さんの中で、物知りといえばエリスというのは、他の嫁さんたちも認めている。

もともと、エルフの故郷を出て見識を深めるための物見遊山で色々な所を回っていたのがエリスなのだ。

王族などの上流階級のみという知識の偏りもないし、まず何かをやるにしても、文化的に問題がないかとかを聞くのはエリスだったりする。

ということで、お月見のことを話す。

「お月見ですかー」

「そう。今年は身内だけでやるけど、来年はウィード全体でやればと思ってな。ほら、ウィードは農業従事者は少ないし、収穫祭は基本的には農家が主役だろう?」

「ああ、そう考えると不満が出てきそうですね」

「ということで、何か問題とかありそうか?」

「そうですねー。月を信仰している所はそこまで多くはないです。実際神様がいますから」

ああ、いたな。

駄がつく自称神様たちが。

「正直な話、その神様たちの信仰の一環として軽く月について記述があるぐらいで、一般的には月の満ち欠けで魔力が上がるなんていう迷信があるぐらいですね。月を見て楽しもうという祭り、行事は聞いたことがないですが、それに文句をつけるような人はいないと思いますよ。そもそも、月は夜の闇《やみ》に光をもたらす神聖なものという認識もありますし、むしろ喜ばれるかと」

月を邪悪とか忌諱の対象とするのは毎日夜に浮かんでいるし、どうしようもないからなー。

あ、確か新月とかは昔はよくないことが起こる前触れとか聞いたことがあるな。

まあ、聞きたいことは聞けたし、問題はなさそうだな。

「じゃ、今日はお月見をするから、楽しみにしててな」

「はい。楽しみにしてます」

そんなことを言って、エリスと別れてスーパーにやってきた。

無論、お月見のための食材を買うためだ。

「ねえ、お兄ちゃん。お月見は何食べるの？」

「どんなものをつくるんです？」

「そうねー。いったい何を食べるのかしら？」

わくわくしながら、どんな食べ物が出てくるのか聞いてきた三人だったが、残念な返事をしなくてはいけない。

「実はな、それほどお月見の時の食べ物って決まってないんだ」

「ふえ？　決まってないの？」

「どういうことなのです？」

「でも、それほどって言ってるし、多少は決まってるのね？」

「ああ、まずはお団子だな。中身はあんこでもいいし、そのままでもいい。基本的に一口サイズの小さい丸いお団子でな。この時に食べるお団子は月見団子、月見餅ともいうね」

「なんか、かわいいねー」

「ちっちゃいお団子をたくさんつくるのです‼」

「なるほどね。お月様に見立てるって感じかしら？」

「そうそう。ラビリスの言う通り、お月様に見立てた料理やお菓子を食べるってのがこのお月見のルールかな。まあ、最初にお月見料理を食べたあとは、好きなものをパクパク食べるのが普通かな」

基本的に、こういう行事は飲み食いして騒ぐ口実だ。

春の花見とかが分かりやすいかな？

桜餅とか春ならではのものを食べたりもするけど、基本的には好きなものを食べて騒ぐって感じだ。

ま、お月見は静かに楽しむみたいな感覚が俺は強いかな？

これは、家庭でそれぞれだろうな。

「お菓子は月見団子でいいとして、普通に食事として食べる分は何かあるのかしら？」

「そうだなー。主食として食べるものはあるにはあるんだが、結構適当だな。卵を使ったのが多いけど。まあ、こじつけだな」

「こじつけ？」

「なんで、卵を使うのがこじつけなの？」

「よくわかんないのです」

タイキ君とかは月見料理といって今からいうのを見せると、あー、なるほど。って言って苦笑いしそうだよな。

「そうだな。たとえば、うどんの真ん中に卵あるいは、半熟の卵を落とすと、それは月に見えないか？」

「あ、見えるよ‼」

「おー、お月様なのです‼　月見料理なのです‼」

「……なるほど。そういうことね」

ラビリスは分かったみたいだ。

そう、大概《たいがい》の月見料理は卵の黄色や丸なのを利用して、ただ月見とつけているだけだ。

うどんが一番分かりやすいだろう。卵を落としただけのうどんの名を、月見うどんというくらいだ。

これが、こじつけでなくてなんと言う。

「つまり、なんでもありってわけね？」

「そこまでなんでもじゃないが、基本的に卵は料理には欠かせないものだから、どんなものでもよく合うことが多い。たとえばハンバーグに半熟目玉焼きとか……」

「あ、それも月見料理なんだね‼　おいしーから好きー‼」

「今日は月見ハンバーグなのです‼」

「よし、なら今日のメインは月見ハンバーグにしよう。あとは月見焼きそばとか、月見ラーメンとかも色々作ろう」

「「わーい‼」」

アスリンとフィーリアは喜んで、すぐに材料を取りに走る。

「こらー、走ったらあぶないわよ。……やっぱり、なんでもありじゃない」

その二人に注意をししつ、ボソッと俺につぶやく。

「……そうかもな」

否定できないよな。

ま、色々料理を用意する口実になるのが、こういう行事のお約束だろう。

「まあいいわ。楽しいことはいいことだし。さっさと食材を買って、準備しましょう」

「そうだな。我が家は大家族だから早めに準備しないと間に合わないからな」

そんな感じで、家にいるキルエやサーサリに冷蔵庫の中身とかを確認してもらって、下ごしらえをしてもらいつつ、足りないものをスーパーで買って帰り、わいわいしながら料理を作って、晩御飯を迎えた。

「おおー、これがお月見というやつじゃな。うむうむ、卵の黄身がお月様に見立ててあるわけか」

「色々な料理がお月見風にしてあるのですね。どれも美味しそうです」

デリーユとルルアがそんな感想を言っている間に横では、アスリンとフィーリア、ヒイロがすでにがっついていた。

「ハンバーグ美味しいねー」

「美味しいのです」

「んぐっ、んぐっ」

「こらヒイロ‼ もっと丁寧に行儀よくしないさい‼」

「でも、ヴィリお姉、これ美味しい」

「そんなのは分かっています‼ いいですか、お兄様のごめ……」

「まあまあ、それぐらいにしときなさいよ。お月見？ っていう行事みたいなものって言ってるし、堅苦しいのはなしっていってたじゃない」

「ドレッサもそんなことを……」

「でも、料理さめちゃうわよ？ いいの？」

「むう。仕方がないですね」

ヴィリアやヒイロもそれなりに楽しんでいるようだ。

二人は最近の事情から無理にこっちに来てもらってるからな、こういうところで不満とか発散できればと思う。

他のみんなも、それぞれ楽しんでいるみたいで、俺が説明した通りに、軽くお酒を飲みながら、ご飯を食べて、縁側で空に映るお月様を眺めていたり、月見団子をたらふく口に放り込んでいたりする。

俺はそんなみんなを見ながら、窓越しに見えるまん丸の月を眺める。

「今日は綺麗な満月ね」

そう言いながらセラリアが横に座る。

「ああ、満月だな。こんなふうに落ち着いて月を見るってのもなかなかないよな」

「そうね。こういうのもアリね」

夜の空に浮かぶは夜を優しく照らしだす満月。

そして、その月を酒で満たした、杯に映して……。

「あら、月がお酒の中に入ったわね」

「これぞ月見酒ってね」

それをゆっくりと飲み干す。

これぞ、風流ってやつなんだろうな。

第435掘：いざ魔術国へ

Side：リエル

なんか、あの会議から慌ただしく動いてたけど、気が付けば、魔術国へ使者としていく日になってた。

僕は今回、タイゾウさんとファイデさん、あとエリスの護衛役ってことで一緒に行くことになった。

僕はスカウト系で、守りとかは苦手なんだけど、そこは騎士のジェシカと勇者のリーアに任せて、不穏な動きがないかよく観察してくれってユキさんに言われたから、何とかなるだろう。

しかし、よく分からないことがあるんだよね。

「ねえ、エリス。なんでタイゾウさんがユキさんって名乗るの？」

そう、なぜかタイゾウさんがユキさんの名前を名乗って交渉へ向かうことになっているのだ。

「ん？　ああ、それは確実にノノアと会うためね」

「どういうこと？」

「ファイデさんから聞いたと思うけど、相手はユキさんのことを調べたくて、わざわざファイデさんを送ってきたの。で、そのユキさんをファイデさんが直々に連れてきたなんて言えば、会わないわけにはいかないでしょう？　まさか、ユキさん本人を連れて行くなんてことはできないし」

「ああ、なるほど」

確かに、そうすればノノアって人は確実に会いに来ると思う。

エリスの言うように、ユキさんを連れて行くなんてあり得ないし。

「まあ、できれば話し合いで終わらせたいのが本音ね。ファイデさんもこちらのことを誤解していたみたいだし、ダンジョンマスターが適当なことを言ってノノアやノゴーシュをだましているってことなら、こちらについてくれるでしょう。わざわざ、背中に敵がいる状態でこちらとも戦うわけにはいかないでしょうから」

「うーん。そんなにうまくいくかな？」

「うまくいかなくてもいいのよ。話し合いに持ち込むのが大事なの。タイゾウさんのスキルで物理的にも魔術的にもスキル的にも孤立させたあと、魔術国に在るであろうダンジョンを掌握してしまえばこっちのものよ」

「そういうことか。ユキさんの狙いはそっちなんだね」

「ええ。そこにダンジョンマスターがいるかどうかは知らないけど、トップの一人であるノノアを押さえたなら、ある程度無茶をしても問題ないわ。相手のダンジョンが強大かもしれないと考えられるけど、そこは私たちが貯めたＤＰで何とかなるって見通しね。私たち以上のＤＰ

があるならすでにほかの国を落としているでしょうし」

「だよね。うん、なんかいつもの通りって分かって安心したよ」

やっぱり、ユキさんらしいね。

気が付けば全部終わってたってやつだ。

「と言っても、ちゃんとタイゾウさんは守らないとダメよ。あの人は日本の武士道の塊みたいなものだから、ドッペルを使うのを嫌がってるし、そもそも特殊スキルはドッペルには継承できないから、生身よ。タイゾウさんは私たちにとっても、ユキさんにとっても絶対必要な人。だから、何があっても絶対守らないといけないわ」

「うん。そうだね。あと、新婚さんだし、ヒフィーさんがずいぶん嫌がったみたいって話はポープリから聞いたし、そういう意味でも守ってやらないとね」

「ええ。ヒフィーさんの気持ちはよく分かるわ。ユキさんが生身で出るとか、絶対認めないもの」

「認めないね。僕、そんな提案した人を殴ると思うよ」

「私も殴ると思うわ。それがユキさん本人の提案ならなおさらね。首輪でもつけて、布団に押し込んで、一緒にずっといるわ」

「そうでもしないと、ユキさんは逃げるもんねー」

ま、それはそれで、ユキさん食べ放題だから嬉しいんだけど。

と、いけない。ちゃんとお仕事のことに集中しないと。

そんなことを期待しなくても、ユキさんは頼めばやらせてくれるもんね。堂々とできる夫婦さいこー。

「そういえば、一緒に来るって言ってた、コメットにポープリはどうしたの？」

もうすぐ集合時間なんだけど、二人の姿が見当たらない。

タイゾウさんとファイデさんはいったん顔を出した後、ユキさんが連れて、ロシュール陛下との出発前最後の打ち合わせに行ったからいいけど、あの二人はまだ一回も顔を見せてない。

あ、ジェシカとリーアは護衛ってことで、ユキさんと一緒に移動。

当分はユキさんの側近が二人減るから、クリーナとサマンサが休みなくカバーするって話になってる。

「さあ、詳しくは知らないけど、ヒフィーさんにくれぐれもって注意でも受けているんじゃないかしら？」

「ありそうだねー。特にコメットは」

「あの人は良くも悪くも、技術屋ですからね。連れて行くのには不安もありますが、あの人の技術屋としての力は凄いですし、ユキさんも認めています。ノノアがどんな魔術を仕掛けてくるか分かりませんし、その道のエキスパートを導入するのは間違ってはいないでしょう。押さえのポープリもいますし」

「あ、そのポープリはケーキで手を打ったって聞いてるけど?」

「ええ。ホールケーキ12個で私が交渉してきたわ」

「……えーと、さすがにそれは腐らない?」

「一気に全部は渡さないわよ。希望があればその都度送るって感じ。お金を今回はとらないだけよ」

「なるほど。でも、ホールケーキ12個なんて、食べるのに半年はかかりそうだよね」

「……何を言っているの? 一か月分よ?」

「はい!? そ、そんなに食べたら太るよ!? 栄養が偏りすぎて具合悪くなるよ!?」

何それ、簡単に計算しても3日に1個ホールケーキ消費することになるよ!?

「ああ、リエルはまだだったわね。不老になると、あからさまな体形変化はなくなるのよ。あと、偏食による病気はあるけど、今は詳しくどこが悪いか分かるから、ルルアやエルジュの回復魔術でなんとかなるわ。ほら、私も不老にしてもらっているし」

「いや、エリスはもともと老いの遅いエルフじゃん。むむむ、でも太らないかー。悩むなー。もうちょっと、僕はおっぱいが大きくなるのを待ってるんだけど……」

「そういえば、そう言ってたわね。それなら、やっぱりユキさんにたくさんもんでもらうのがいいんじゃないかしら? 子供ができて胸が張るのはまた別って言うし」

「悩むよねー。僕はもうちょっと、成長すると思ってるけど、いつ曲がり角になるか怖いし

「まだリエルは若いでしょう？　まだそんなに気にしなくても……」

「ふふふ……。エルフのエリスには分からないよ。というか、おっぱい分けてよ‼　絶対僕の成長分とったでしょ‼」

「何をわけの分からないことを、ってこら‼　おっぱいもまないでよ‼」

憎い、このでかい乳袋が憎い‼

僕と同じ時期にもまれたくせに、なんでこんなに違いがあるのか‼

くそー、ぷにぷにで柔らかい‼　気持ちいい、くやしー‼

あとでジェシカにおっぱい枕を希望しよう。お耳を触らせるならいいってよくやってるし。

癖になるよね。この柔らかさ。

「ああ、もう‼　リエル、ふざけるのはほどほどに……」

あれ？

なんか、エリスの抵抗がなくなった。

なんで？　遠慮なくエリスのおっぱいをぷにぷにできるのは嬉しいけど、じゃれあいもあるから、抵抗がないのはないで寂しい。

なんでだろうと思って、エリスが顔を向けてる方へ僕も視線を向けると……。

ガシャ、ガシャ……。

そんな音を立てて、立派なフルプレートの鎧《よろい》騎士がこちらに歩いてきていた。

あんな馬鹿みたいな目立つ鎧を着てるのは誰？

少なくとも、僕たちの管轄の警官じゃないし、魔物軍のスティーブたちでもないし……、セラリアのところの騎士隊？

でも顔までフルフェイスって、あり得ないよねー。部隊章もないし、本当に誰？

殺気はないし、武器は携帯していないから、こわくはないけど、不思議すぎる。

気が付けば、僕もエリスのおっぱいをもむのをやめて、その鎧騎士を凝視していた。

「いやー、ごめんごめん。遅くなったね」

目の前で立ち止まった鎧騎士はそう言いながら、兜を取ると……。

「「コメット」」

そう、中からコメットが出てきた。

そして、さらにガシャガシャと聞こえてきて、コメットの後ろから、軽いドレスアーマーを着た、ポープリが来た。

……残念ながら、ポープリはウィードに来た頃のアスリンやフィーリアと並ぶぐらい小さいので、騎士ごっこの子供に見える。

今じゃ、アスリンもフィーリアも成長しているので、一番小さいのはラビリスになっているぐらいだ。でも、ラビリスのおっぱいがおっきいのは変わらないけどね。

ちなみに、ヒイロが最小、次にポープリって感じかな。

「まったく、そんな姿でうろつかないでください。見てください。エリス殿に、リエル殿が唖然としています」

「仕方ないじゃん。ヒフィーのご希望なんだし」

「いや、私と同じドレスアーマーでよかったでしょうに……」

「えー、ひらひらしたのって苦手なんだよね。ほら、この鎧の方が強く見えない？」

話から察するに、魔術スキル無効化に巻き込まれるから、ヒフィーさんが防具を着るように言ったみたいだね。

「いや、コメット。それならズボンを穿《は》けばいいだけだよ」

「ええ。ドレスアーマーはズボンを着用してはいけないなんてのはありませんし」

「ああ、そういうのもありか。でも、わざわざ、ナールジアに用意してもらったからねー」

「はぁ、なぜ、ナールジア殿は嬉々として師にこんな鎧を薦めたのか……」

「そりゃー、私の熱いパトスが分かっているからさ。ま、ぶかぶかなのは、さすがに調整しようかな」

コメットはそう言うと、鎧に魔力を通す。

すると、鎧がグネグネと変形して、見事にコメットの体にフィットする。

ま、ナールジアさんの特製ならそれぐらいの機能はあるよね。

「うん。さすがはナールジア。動くのにも違和感ないし、重さも感じない。どうよ？　これで立派な女騎士に見えないかい？」

ビシッとポーズをとるコメット。

まあ、女騎士に見えなくもない。

「そんな機能があるならさっさと使ってくださいよ」

「えー、変身‼ って感じなのがいいんじゃないか。と、そういえばエリス君やリエル君は軽装みたいだけど？」

「私たちはドッペルですし、服も並の鎧よりは高性能ですから」

「僕はもともとスカウトだからね。軽装が合ってるんだよ」

そんな話をしていると、ユキさんたちが戻ってきた。

「よし、みんな揃ってるな。エリス、これが使者の証と、通行証、そして交渉の手紙だな。こっちがウィードからで、もう一つがロシュールからの仲介の証明書。蝋封の紋章で分かると思う」

「はい。確かに預かりました」

「これからの予定は、すぐにロシュールへのゲートをくぐって、そこから徒歩で魔術国へ向かってもらう」

「あれ？　歩くのかい？」

コメットが不思議そうに聞き返す。

僕もてっきり車かと思ってたよ。

「そうだよ。車とかは警戒されるだろうし、万が一逃げるときはそこを狙われる可能性が高い。みんな身体能力が高いから、下手に乗り物にこだわるより、飛んで跳ねて逃げた方がいいだろう」

「確かにそうですね」

あー、なるほど。確かに、僕たちが逃げるなら下手な乗り物に乗るより足で逃げた方が速いよね。

返事したポープリなんて、箒《ほうき》で空を飛べるし。

「向かうときは、すまないが走って行ってもらうことになる。知っての通りあまり時間をかけられないからな。じゃ、これからはタイゾウさんに代わるよ」

ユキさんはそう言うと、横にいるタイゾウさんに任せて後ろに下がった。

「これから、魔術国に向かいます。色々困難があるかとは思いますが、ともに手を取り合い、無事にまたウィードへ戻ってきましょう。よろしくお願いいたします」

タイゾウさんはそう言うと深々と頭を下げる。

やっぱりこういうところはユキさんと似ているから、日本人特有なんだろうね。

「よし、じゃ出発しよう‼」

「あのね、リエル。それはタイゾウさんが言うセリフよ」

「あはは、まあまあ、いいではないですか。あくまでも私は表向きの交渉役ですから、こういうふうに行くのも悪くはありませんよ」

さあ、頑張るぞー‼

第436掘：ピクニック

Side：コメット

「つまんない」

私の口から出てきたのはそんな言葉だった。

「師匠。そういう言い方は慎んでください」

横から、幼女ポープリがそんなことを言うが止まらない。

「つまんない」

だって仕方がないのだ。

初めて、この大陸ではウィード以外の国を見ることができると思えば、駆け足でロシュールは出て行って、特に町や村に寄ることもなく、駆け足で進むばかり、風景は目新しいものはなく、植物などはあっちの大陸とそこまで変わりはないようだ。

「まあ、コメット殿そう言わず。こうやってのんびり昼食を取れるというのは、このご時世なかなかあることではないですよ」

「まあねー。あ、リエル君、そのサンドイッチ頂戴」

「おっけー。コメット、どうぞ」

「ありがとう」

リエル君からもらったサンドイッチをパクッと頬張る。

うん、さすが、ヒフィーの手作り美味《うま》いわー。

タイゾウさんの言う通り、この昼食を邪魔されるのはいやだから、この穏やかさは許してやるか。

「しかし、こちらの大陸は魔物が普通に出ると聞いているのですが、まったく出くわしませんね。エリス殿、なぜでしょうか？」

「ポープリ。それは国と国をつなぐ主要な道に、ポンポン魔物が現れたら、物流が止まるでしょう？」

「ああ、なるほど、定期的に間引いているか、巡回がいるのですね」

「そういうことです。まあ、出てくるときは出てきますけど、ゴブリンとかスライムといった誰でも倒せるぐらいのが、一匹、二匹程度ですね。群れは見つかってすぐ排除されますから」

なるほどねー。

言われてみれば当然だ。

大事な場所の安全は確保しているってことか。

今回は国の王都に向かうわけだから、脇道にそれた先の魔物の巣窟ってところに行くわけでもないから、こんなのんびりとした旅路になっているのか。

はぁ、この分じゃ、魔術国が唯一の楽しみだね。

魔術の神様が作った国、いったいどんなもんか。

「そういえば、リーア」

「ふぁに？」

「……食べてから返事してください」

「もぐもぐ……。んぐ。で、なに？」

「リーアは、魔術国のことを何か聞いたことはないのですか？」

「あー、私はウィードに来るまでは、村娘から奴隷だったし、ほかの国とかは全然知らないんだ。リエルとか、エリスの方が知ってるかも」

リーア君のその言葉で、みんなの視線が二人に集まる。

そういえば、このメンバーって半数近くが向こうの大陸からで、こっちの大陸事情は全然なんだよね。

「んー。僕は魔術国のイメージはあまりないかなー。あそこって魔術が第一って感じで、それを使えない人はあんまりって感じの話聞いたから、魔術を使えなかった冒険者時代はわざわざ寄るようなことはなかったな。エリスは？」

なるほど、それじゃリエルみたいな獣人たちは近寄らないだろうね。

もともと、身体能力に魔力を回して、魔術に対する適性が低いんだから。

ということで、残るエリスに視線が集まる。

「そうですね。物見遊山、もとい見聞を広げる旅で寄ったことはあります。エルフですので魔術も多少なりと精通していますので、魔術の国というのは興味がありました」

「で、どうだったんだい？」

「どうと言われると、期待されているようで言いにくいですが、ウィードと比べると全然」

「「「ああー」」」

全員の納得の声が重なる。

そりゃそうだ。ウィードはものが違う。

基礎技術力が雲泥の差だ。

そうやって前置きをしたうえでエリス君は話を続ける。

「まあ、魔術の国と言うだけのことはあったと思います」

「それは？」

「ポープリと一緒で、魔術の学校を作っているんですよ。方々の国からも学びに来る人がいるぐらいで」

「あ、それは僕も聞いたことがある。でも入学試験も大変って聞くよ」

「ええ。でも、学費は入学できれば、そこまでかかりません。代わりに、国営の研究機関へ強制的に登録させられますし、研究して成果が出れば必ず報告する義務があります」

「まあ、当然といえば当然だね。私のところも報告義務はつけていたし。こちらの大陸の魔術学府といったとこかな」

「はい、正式名称はノノア魔術学院です。まあ、名前はやっぱり創始者の名前を付けるのが定番なんですね」

そりゃー、壮大な名前を付けると名前負けするし、かといって意味不明な名前を付けるのもあれだし、自分の名前が周りも納得しやすいんだよねー。

私が、新しく作った武器とか、今では聖剣とか御大層な名前で呼ばれてるけど、正式名称は便利つえー剣で通称ベツ剣だったんだけどなー。

名前って難しいよね。

「私は、知り合いが魔術国の学院に勤めていまして、しばらく滞在させてもらいました」

「あれ？　結構重要な情報じゃない？　僕、初めて聞くんだけど？」

「ですね。私も初耳です。ユキには話しているのですか？」

「もちろんですよ。でも、私はただの客分だったので、大した情報はなかったんですよ。せいぜい、性能の高い杖に代わる指輪型の触媒が国民に配布されているとか、格安で火をつける魔道具が売っているとか、そのぐらいです」

「そっかー。その程度なら、ナールジアさんが遊び半分で量産してるし、火をつける魔道具なんてライターとかマッチでいいじゃんってなるもんね」

エリス君の情報が来てなかったのは当然だね。

ユキ君は限られた時間で情報の取捨選択する必要があったから、この情報は重要性が低いと見られたんだろう。

私も同じく、必要とは思えない。

深く何か知っていれば別だったんだろうけど、ただの客分じゃ、誰でも調べられることぐらいしかないいね。

あるいは、このウィードの使者という手段がなければエリス君の伝手で潜入する予定だったんじゃないのかな？

「で、ノノアって人には？」

「残念ながら、会った記憶はありません」

「一国の長と顔を合わせる機会なんてそうそうないかー」

私はそう感想を言いながら残りのサンドイッチを平らげていく。

ファイデさんはジョン君からもらった野菜サンドをむさぼりつくしている。

いやー、男の手料理で喜ぶのはどうかねー？

ま、人の趣味だからいいか。

とそんなことを考えているうちに、隙を見計らっていたのか、タイゾウさんが私の代わりに質問をする。

「エリス君。そしてファイデ殿。私も聞きたいのだが、住人たちの生活ぶりなどはどうだったかとか覚えているかな？」

「そうですねー。ごく一般的な感じですね。大通りなどはにぎわっていますけど、一つ路地に入れば上下水道なんてありませんからひどい悪臭ですし、ごろつき、盗賊、人の死体が転がっているのは変わりませんでした。まあ、魔術国というだけあって、他のところよりは気持ち少なくは感じましたが」

「私からも特に言えることはないな。一般的に魔術が広く使われているぐらいで、他はそこまで変わりはない」

「そうか。為政者としてはあまり変わりない……か。まあ、そんなものか」

「なぜそのようなことを聞いたんですか？」

「いや、何か魔術を使って独特な支配体制などを行っていないか？　とかを考えたんだが、そういうわけでもないのだなと。そういうことがあれば、私たちは交渉するだけでなく、相手のいいところを学ぶ機会もあるのではと思っていた」

「なるほど。でも、当時の私は単なる物見遊山でしたから、何か画期的なことがあっても、把握できなかったということもあるかもしれません」

「それもそうだな」

「エリスが魔術国にいたのは奴隷になる前の話でしょ？　ならだいぶ前だし、今回はちゃんと見て行けばいいよ。ね、リーア」

「リエル、そうだね。面白いものがあるといいね」

リエル君の言う通り、今の話もしょせん昔の情報に過ぎない。

結局のところ自分の目で見て感じればいいだけだ。

「さて、昼食も問題なく終わりましたし、お話に出てきた魔術国を直に見に行きましょうか」

話を聞いているだけだったジェシカはすでに荷物をまとめて立っている。

私たちも同じように荷物をまとめて出発の準備を整える。

「よーし、予定では今日中に着く予定だったよね？」

私は荷物を背負いつつ、ポープリに確認を取る。

「はい。私たちの予定ではあと3時間ほどで到着するはずです」

「うへー、3時間って長くない？」

ポープリの回答にげんなりする私。

リッチにランニングさせるなよー。腐るよ？

「我慢してください。これから先は魔術国から出てくる商人や旅人と出くわす可能性が高くなるから、歩くしかできないんです。何も事前知識なく私たちの全速力なんて見たら、あらぬ混乱がありますから。あ、箒や車もダメですよ」

「分かってるって。しかし、相手が同じダンジョンマスターだと本当に面倒だね」

「正体不明だからこそ、私たちの能力や技術、道具などを知られるわけにはいかないのです。コメット殿には申し訳ないですが」

「いやいや、タイゾウさんが悪いわけでもないし。ま、これからはのんびりとお話しでもしながら歩けばあっという間さ。で、さっそくだけど、タイゾウさんに聞きたいことがあるんだけど……」

「なんですかな？」

「ヒフィーとの子供はいつぐらいにできそうだい？」

「ぶっ‼　な、なにを⁉」

「いやー、ヒフィーに聞いたらはぐらかすばかりでさ。毎日ズコバコやっているようなセリフは聞いたんだけど、そうなると子供のことは気になるじゃないか。なあ？」

私はそう言って、他のみんなに同意を求めると、ユキ君の奥さんたちがしっかり反応してくれた。

「うんうん。ちゃんと準備しておかないと、結構あせるよねー」

「ユキさんも大慌てでしたからね」

私が思っていたからかう内容でなく、結構ガチの返事だったが。

まあ、命の誕生はそれだけ大変なんだろう。

タイゾウさんもリエル君たちの返事を聞いて、恥ずかしいという顔から、そんなに大変なのか？　という心配顔になり、そこから色々リアルな出産話になって、話を振った私と相手のいない幼女ポープリが蚊帳の外になった。

「師も相手がいないでしょうに。私だけが寂しいみたいに言わないでください」

「ふむ。なら、私とどうにかして子供でも作ってみるかい？　遺伝子工学というのが地球にはあってだね……」

「お断りします。出産から子供の世話まで私がする羽目になりそうなので」

なんて冗談を言いつつのんびり歩いていると、気が付けば魔術国に着いた。

日が沈む前に着いたのはいいが、思ったより門に人が並んでいた。

「ほー、結構人がいるねー」

「さすが、魔術国なんて名乗っているだけはあるということですかね」

「そういえば、なんで事前に潜入しているのがいないのかな。霧華君とか最適だろうに」

「何を言っているんですか。こっちに主力を集めた分、霧華殿たちはノゴーシュとゴータの方に分散してますよ。今回はどこが動くかさっぱり分からないんですから」

「ああ、そういえばそうだった。ユキ君の戦力はズバ抜けているとはいえ、動かせる戦力には限りがあったね」

「霧華殿たち、デュラハンアサシンたちは、新大陸、大陸にも分散して、今回の騒動でさらに分散してますからね。私たちの安全はスティーブ殿たちに任せておけばいいですし、霧華殿たちは彼女たちにしかできないことで動き回っていますよ」

「世の中、万事うまくはいかないねー」

私とポープリはその人の行列を見ながらそう呟いていると、タイゾウさんとジェシカ君が門の兵士と話をして、使者特権で先に入れるようにしてくれたみたいなので、並んでいる人には申し訳ないと思いつつも、先に都へと入る。

その際、門の兵士たちから……。

「ようこそ、魔術国へ‼」

ビシッと敬礼をしてくれたので、この対応を見るに歓迎はしてくれているみたいだねー。

しかし、残念ながら、門をくぐった先には特に目新しい変化はなく。

「……どこが魔術国なの？」

「さあ？」

私とポープリは内心期待していたのか、少し肩を落としていた。

それを見たエリスが……。

「だから言ったじゃない。ウィードとは違うって」

分かっていたさ。

でも、でも、淡い期待を抱いたんだよ‼

夢を見たっていいじゃないか‼　女の子なんだもん‼

「いえ、師はすでにばば……」

「弟子よ。ここであの時の決着でもつけるか。ちなみにそう言うなら、君もばば……」

「いいでしょう。あの時と同じように私が勝利を収めるだけです」

そうやって睨《にら》み合っているのを、リエルとリーアに引きずられていった。

第437掘：裏方の様子と魔女の狙い

Side：ユキ

『護衛目標の魔術国への到着を確認しました。現状、特に動きはありません。引き続き予定通りに行動します』

「了解」

そんな通信とともに、目の前には門をくぐるタイゾウさんたちをとらえた映像が映っている。

「特に問題はなさそうじゃな。てっきり、妾《わらわ》は何か妨害があると思っておったぞ」

そんなことを言って、バリバリと煎餅を食べているのはデリーユだ。

確かに、ロシュールの親父に頼んで、魔術国へ俺たちが来ることは知っているから、道中の妨害はともかく、何かしら警戒を強めて門を抜けるのに時間がかかるかなーと思っていたがそれもなかった。

というか、コールから聞こえる内容を聞けばちゃんと対応をしているようで、宿も予約してあるみたいだし、普通の使者の扱いだった。

「何を考えてるんでしょうねー？」

「不思議ですね。あれだけのことを裏でしておいて、なんでここまで表向きはおとなしいのでしょうか？」

ラッツとルルアはこの対応の意味が分からず首を傾げている。

俺自身もよく分からん。

ロシュールを挑発していたのに、なんでロシュール経由の俺たちウィードの訪問は普通に受け入れるのか？

最初から、普通に拒否した方がやりやすいはずなんだよな。

とりあえず、ちゃんと使者を送ろうとしたという建前が欲しかっただけなのだが、ＯＫされたのだから、仕方なく、使者としていくことになった。

三大国の長たちには最初からこっそり忍び込んで、叩き潰しますなんて言うと色々と警戒されるので、正面から堂々と、というふうに言って断られたから仕方なく、こっそりやることになったと言おうと思ったのにご破算になった。

「想像でしかありませんが、おそらくファイデ様の何かしらの成果と考えたのでは？」

「……ん。納得。それなら、この対応も頷ける。もともと、降伏勧告に来てたつもりだし」

あー、そっち？

俺たちが降伏すると思って素直に入れたわけ？

そうだとしたら、なぜこの国はいまだ存続しているのか不思議なくらいの頭お花畑だぞ。

なんかまともに考えると疲れそうな相手だな。

「……ま、そこの真意は会って話せば分かるだろうし、こっちはこっちで他の準備だな」

俺はそう言ってスティーブを呼び出す。

『はいはい。護衛部隊の方は配置完了してるっすよ。あとは指示次第でいつでも行けるっすよ』

「とりあえず、スティーブからの報告を聞きたい。どうだ？　スティーブたちの侵入に気が付いた様子とかはあるか？」

『いやー、今のところはないっすね。泳がされている感じもしないっすし、とりあえずは魔力隠蔽《いんぺい》とステルスは上手く機能していると思うっすよ』

「そうか。なら情報の収集を予定通り頼む」

『了解。これよりS班は情報収集にいくっす』

とりあえず、問題は何もないか……。

相変わらず、予定通りに進みすぎるのも考え物だよなー。

「そういえばユキよ。他のところへの準備はどうなっているんじゃ？」

「あ、そういえば他の2国もすぐに動けるように準備するとか言っていましたねー」

デリーユとラッツが思い出したように言う。

「ああ、そっちもちゃんと進んでるぞ。まず次に警戒するべきは、ファイデから聞いた、ノノアと組んでいるノゴーシュ、剣の国の方だな。そっちは、適任がいるんでそっちに準備を進めてもらっている」

「……適任？」

「あ、シェーラとタイキさんですね」

カヤは首を傾げたがトーリは察しがついて当たりを言った。

「トーリの言う通り。剣の国の方はガルツの管轄で、そしてタイキ君がいるランクスともかかわりが深い。あと、モーブが剣の国出身だから、そのメンバーを中心にいつでも動けるようにしている。霧華たちもそっちだな。今回は色々手が足らないから」

「なるほどのう」

「そういうことですか」

あと詳しく言うのであれば、タイキ君にはダンジョンマスターの関係で敵が攻勢に出た場合、近くの国なので被害が出ることは想像が簡単につく。

だから、タイキ君はランクスの防衛増強もしているんだよな。

さすがにランクスの国防に口出すわけにもいかないし、タイキ君が主導でやらないといけないんだよな。

他の国への連絡とかもシェーラと一緒に行っているので、クソ忙しいというわけだ。

モーブはどこかのプロジェクトなんたらで出身地が剣の国ってことが分かってたから、先に剣の国へ戻っている途中だ。無論、相棒のライヤとカースもついて行っている。

緊急連絡要員として霧華もいるから、対応が遅れすぎるということもないだろう。

「獣神の方はファイデとの話には出てなかったけど、つながりがないとは言い切れないし、ルアとアルシュテールのコンビで準備を進めているってところだ。戦力的にはリテアが一番少ないな。もともと、リリーシュを神としている国だから、ケンカを売るにしても最後になるんじゃないかという判断もある」

「ん。理屈は分かる」

「そうですわね。今のところ、向こうがリリーシュ様に接触してきたのはまともにぶつかりたくないからというニュアンスも含まれていましたし、妥当なところだと思いますわ」

獣神の国の方はなんというか保守的、内向的すぎてウィードとのつながりがほぼない。

なので、交渉や情報収集はリテアに任せるしかない。

そんなふうに他の進捗状況を話している間に、スティーブから再び報告が届く。

『定時連絡。王都内に入ってから小一時間ほどっすけど、特に護衛目標に対する監視などはあるように見えないっす。ノノアがいると思われる城にも特に動きはなし、おいらたちのことにもやはり気が付いた様子はないっすね』

「了解。ダンジョンの入り口とかはどうだ？」

『その発見にはいたってないっす。ダンジョン特有の魔力の流れを感じないっすから、大将と同じように、城そのものをダンジョン化して、ダンジョン特有の魔力の流れを分散して、ごまかしていると思うっすよ』

あー、魔王城攻略の時に、通気口のたくさんある城をダンジョン化することによって相手が魔力の変化に気付かないようにしたな。

その手段を相手もまねているってことか……。いや、向こうはこちらのことはそこまで知らないし、自分たちでそのことに気が付いたってことか。

案外馬鹿じゃないのかもな。

『指示があれば城の方へ探索に行ってみるっすけど、どうするっすか？ 無論、ばれるリスクはあるっすよ』

「……予定通りに、様子をうかがう感じで、深くは探らないようにして行ってみてくれ」

『了解っす。こっちも予定通りに選抜のメンバーで侵入するっす』

先に侵入したのが万が一ばれると、タイゾウさんの交渉ができなくなる可能性があるが、これは安全に確認のためでもある。

スティーブたちの侵入に気が付くのなら、ダンジョン掌握はかなり難しいことになると予想が立てられるから、逃げ優先で注意を払うことができるし、侵入に気が付かなければ、ダンジョン掌握をしやすいということになる。

露払い、石橋を叩いて渡るようなものだ。

わざと見逃されているという可能性もなくはないが、それでやられるなら、そこまでの技術力を擁していることでもあり、向こうの傘下に入っても問題はない。

まあ、こっちの安全を保障してもらう必要はあるけどな。

『これから侵入するっす。予定通りコールは音源だけつないでおくっすから記録願います』

「了解。記録開始する」

本来ならコールは魔力の流れでばれることを警戒しなければいけないが、今回は相手の力量を測る目的もあるので、わざと流しているのである。

気が付かれればすぐに撤退すればいいし、こっちの手の者という証拠はない。

わざとつついて様子を見てみるという奴だ。

まあ、多少タイゾウさんの交渉に問題が生じる可能性があるが、それよりも命が優先だ。

交渉の時に俺たちのことを怪しんでいるのであればあからさまに周りを固めてくるだろうし、それはそれで分かりやすいから、タイゾウさんの安全確保にもつながる。

ノーブルの時とは違って、ドッペルという、身内の安全が確保されているわけではない。

生身であるタイゾウさんの命は絶対守らなければいけない。

そうしないとヒフィーが離反しそうだし、こちらとしてもタイゾウさんを失うようなことはしたくない。

『サクッ……』

そんな音がコールから聞こえてくる。

緊張の一瞬だ。

おそらくは城壁から城内にある草が生えているところへ着地したのだろう。

その音はほんの小さな音ではあるが、俺たちがいる会議室は静まりかえっているので、やけに大きく聞こえる。

特にばれた様子はなく、移動を開始したのか、見回りの兵士と思しき複数の音が聞こえたり、遠ざかったりしている。

時折、兵士やメイドの会話が聞こえてくるから、結構窓際の近くを通っているみたいだな。

そんなことをしばらく繰り返して、スティーブから再び連絡がくる。

『こちらスティーブ。城を一周してきたっす。特にこちらに気が付いた様子はないっすね。城内侵入はいけると思うっす』

「……よし、危険だと思うが頼む。城内の優先目標はダンジョンへの出入り口が第一、ノノア本人の様子を探ることが第二。あわよくばダンジョンマスターの発見が第三だが……」

『了解。予定通りってことっすね。……ま、ダンジョンマスターの方はどんな容姿かも分からないのに発見するのは厳しそうっすけどね』

スティーブはそんな返事をした後、今度は城内に潜入したのか無音の状態が続く。

第一目標のダンジョンへの入り口はゲートでもない限り、地下と相場が決まっているから、捜索場所が絞《しぼ》られている分探しやすい。

まあ、わざわざダンジョンでなく警備がしにくい城内にゲートを設置しているというのはなかなかないとは思うが。

それからはしばらく、兵士の歩く音や、メイドの雑談などが先ほどよりも明確に聞こえてくる。

その内容は特に重要な物でなく、今日は忙しかっただの、飯でも食べに行かないかとかそういう話ばかりだ。

スティーブの言う通り、こちらの潜入に気が付いた様子はないな。

普通の日常といった感じが繰り広げられている。

そのあとは何も音が聞こえなくなり、おそらく、ダンジョンの入り口を探しに地下の方へ行っているのだろう。

しばらく無音の状態が続いて、スティーブから連絡が入る。

『こちらスティーブ。状況を報告。おいらの感覚がおかしくなっていないのなら、地下にダンジョンは存在せず。特有の魔力濃度が感知できないっす。魔力感知器の方もダンジョンの規定濃度に達していないっす。まだ地下の捜索をしてみるっすか？　それとも城の上階の調査に切り替えるっすか？』

どういうことだ？

ダンジョンが見つからない？

知らない技術で隠しているのか？

……ダメだ。全然情報が足らん。深追いするのは禁物だな。

「了解。ダンジョン捜索は切り上げて、上階の調査に切り替えてくれ」

『了解っす』

見つからんものは仕方ない。

調査している時間も限られていることだし、他に切り替える方がいい。

そう思って自分を納得させていると、スティーブが新たな何かの会話をとらえている。

『よかったです。ノノア様。これでようやくウィードとの繋がりができるというわけですね』

『そうね。何事もなく無事に着いてくれて助かったわ。明日の交渉の席の準備は任せるわ』

『はっ、お任せください‼　さっそく準備に取り掛かります‼』

『ええ。頼んだわ』

そんな会話のあと、扉が開く音がして、人が近くを通り過ぎる音が聞こえる。

おそらくは準備と言っていた人が出て行ったのだろう。

で、その相手は聞き間違いでなければ、ノノアか。

『よし。これでノゴーシュより先に接触できたわね。ファイデに交渉を持ちかけるならノゴーシュより私の方にと言っていたのが功を奏したわね。まあ、ノゴーシュは馬鹿だから、降伏勧告の詳しい内容は任せるとか丸投げだったけど。おかげで、私のところにもダンジョンマスターが転がり込んできた。これでユキ？　とかいう奴を好待遇で配下に加えるといえば、こっちに付くだろうし、ノゴーシュと組んでいる理由もなくなるわね。あとは適当に情報でも流して、一気にノゴーシュとダンジョンマスターを潰せば私の一人勝ちね。ゴータの方はしょせん獣《けもの》だし、どうにでもなるでしょう。とりあえず、この時点で私の勝ちが決まったわ』

……。

はっ、あまりのお花畑の内容に言葉もなかったわ。

ノノアの大敗北決定の瞬間だよ。

「スティーブ。撤退してよし。あの言葉が真実かどうかは一番近くで聞いてるお前の方が分かるだろう」

『……了解。撤退するっす』

「そのあとは念のための護衛増強を、こっちはさっきの話をまとめて、タイゾウさんに連絡する」

『うぃーっす』

あらら、やる気が一気になくなってるな。

俺も今までの緊張がなくなってるので、あんまり変わらんが。

「……ユキ。つまりタイゾウたちに妨害がなかったのは」

デリーユはなんか馬鹿らしいという感じの目をしてこちらに聞いてくる。

「こっちと手を組むためのご機嫌取りみたいなもんだな。予想通り、こっちが降伏すると思っているみたいだし」

「まあ、よくよく考えれば、ダンジョンマスターが神様たち一人につき一人いるわけでもないですし、どちらかが独占しているってのは当然ですよねー。それで、ダンジョンマスターを囲っていないノノアはお兄さんを秘密裏に手に入れたかったと……」

「ラッツの言う通りだと思うな。向こうも一枚岩ではないんだろうさ」

「その後を見据えてというのは、ちゃんとしたものの考え方ですが……」

「……ん。この神様は前提が色々と間違っていることに気が付いていない」

サマンサの言う通り、今後の戦略を考えて動くというのは問題ない。

そんな未来のビジョンがなければ前に進めないから。

だが、クリーナの言う通り、前提が色々と間違っている。

なんでここまでの齟齬《そご》が出ているのかは知らないが、なぜか自分が優位と思っているし、おそらくはノノアの方もダンジョンマスターのことを詳しく知らないんだろうな。

これがノノアを倒す大義名分のためのノゴーシュやダンジョンマスターの策というには、何か微妙だしな……。

まあ、分かっているのは、この魔術国にはダンジョンがなく、明日の交渉は予定より楽に終わりそうだなってこと。

「ちょっと待て、この馬鹿らしい真実をタイゾウさんに説明するの、俺？」

「……ユキならできる」

「ユキさんならできますよ」

カヤとトーリはそう言うが、いやー、きっついだろう。

あ、録音してたからそれを聞かせればいいのか。

タイゾウさんが頭痛を訴えそうだが、仕方がない。

第438掘：話し合い始まる

Side：タイゾウ

私は悩んでいた。

深く深く悩んでいた。

このたび、私は、国の安全をかけた話し合いに臨もうとしていたのだ。

いや、私自体は囮だが、囮の役を最後まで全うし、命を懸け、ユキ君たちの手助けを全力でするつもりでいたのだが……。

「ぶひゃひゃひゃ……‼　ひー、おなか痛い‼」

バンバン‼

そんなふうに笑い転げながら、床を叩いているのは私の妻ヒフィーの親友であるコメット殿だ。

「師匠。そんなに笑わないでください。変人だと思われますから。あと、見張りがいたら警戒されますよ？」

「だって、ぷっ‼　仕方ないじゃん‼　お、おもしろすぎる‼　なに、ユキ君が絡むと、ギャグにしかならないのかい？　ぷくく……」

ポープリ殿の言葉で一応笑いを押さえようとしているみたいだが、こらえきれず笑いが洩《も》れている。

それも仕方のないことだと思う、何せ……。

「コメットさん。笑っているのも結構ですけど、お城の見取り図はちゃんと確認しておいてくださいね」

「分かってるって」

エリス君にそういわれて、コメット殿はコール画面を開いて城の見取り図を確認する。

他のみんなも城の見取り図を確認して、城の様子をうかがっている。

「えーと、えーと、リーア、ジェシカ。このマークがノノアだっけ?」

「あー、えーと、そうだっけ?」

「はぁ、そうですよ。このひと際大きく赤い点が目標のノノアで、他の小さい赤い点が兵士、こっちの青い方が魔術師、そして灰色がメイドとか力のない使用人です。ちゃんと説明は聞いてください」

すでに、魔術国の都の掌握が終わっていて、敵の数や動きが手に取るように分かるのである。

簡単に言えば、もう交渉をする意味もない。

我が方の圧勝であり、戦争の終わりは近い。

……どこの大本営発表だ。しかも真実ときたもんだ。

こんな状況で、私はノノア殿といったい何を話せばいいのだ？

もう、問答無用の捕縛でよくないか？　と思っているぐらいだ。

昨日、スティーブ君が手に入れてきた情報から察するに、こちらのことを完全に下に見ている。

まともな話し合いは望めないだろう。

説得しておとなしくしてもらうというのは、実質不可能だ。

やっぱり、実力を見せつけるということも含めて、一気に捕縛した方が話し合いに応じるのではないか？

そんなことが頭の中を堂々巡りしているとユキ君から連絡がくる。

『もしもーし。そろそろ、ノノアと面会の時間だけど、用意はできてますか？』

「あ、ああ」

『あれ？　なんか調子が悪いですか？　タイゾウさん？』

「いや、体調は良好だ。だが……」

『だが？』

「こんな状況で、ノノア殿と何を話すのが正しいのか分からない」

『あー、すみません。昨日は単に報告だけして、魔術国のダンジョン化に忙しかったから、そっちの話をしていませんでしたね』

「いや、そっちが忙しいのは理解している。しかし、ユキ君。どうしたものだと思う？　向こうがおとなしく話を聞いてくれるとは思えないのだが……」

『そこはいったん、ノノアの話を聞いておきましょう。昨日聞いた話とちゃんと合っているのか確認を取りたいです。幸い、ダンジョン化で逃げるのにはさほど苦労しませんし、向こうの調子に合わせて目的を聞き出してください。それが終わったあとは捕縛すればいいだけです』

「なるほど。私は難しく考えていただけか。当初の予定通りにやっていれば問題ないわけか」

『はい。まあ、思っていた予定が前後して、ダンジョンを作った今、タイゾウさんの交渉の意味合いは薄れてはいますけど、直接ノノアと話して情報を得られるのはタイゾウさんだけですし、その聞き出した内容によっては作戦の変更もあり得ます』

「分かった。任せてくれ」

「私もいるから、上手くまとまってくれるといいんだがな」

「そうですね。そう願います」

勝手にもう予定は終わったとばかり思っていたが、ユキ君の言う通り、ノノア殿との直接交渉はなしにしていい内容ではない。

完全包囲が成功して、変に気が抜けていたのだろう。

ファイデ殿もいるのだし、大事なのは穏便に済ませられるなら済ませることだ。

いかんいかん、私のやるべきことをなさなければ。

『で、そこで笑い転げている死体。ちゃんと仕事をしないと、あとでひどいですよ』

なぜかユキ君の後ろから、ヒフィーさんが出てきた。

いや、私のことを心配していたのだから、いても不思議ではないか。

まあ、口調が少々荒いが。

「分かってるって。ちゃんと援護できるように、外で待機しているからさ。任せときなって」

『本当にしっかりしてくださいよ？　コメットはタイゾウさんのスキル範囲内ではただの死体になってしまいますから、後方配置になっていますが、さぼっていいわけではありませんよ？』

「大丈夫。さすがにそんなことしたら、君に殺されそうだからね」

『……分かりました。信じましょう。タイゾウさん。どうかご無事で』

「ええ。大丈夫ですよ。必ず戻ります」

そんな話をしていると、ドアがノックされる。

「タイゾウ殿。ジェシカです。ノノア殿の案内が来られました」

ついに、時間が来たようだ。

「これから、移動を開始する。ユキ君、あとは頼む」

『了解。護衛目標動くぞ、予定通りの配置につけ‼』

そんな声とともに通信が切れる。

さて、私も行くとするか。

ジェシカ君の案内で宿の玄関に行くと、兵士というより魔術師といった格好の人が立っている。

私たちの姿を確認したのか、ちゃんと敬礼をしてこちらに話しかける。

「失礼ですが、貴方様がウィードの王配であるユキ様で間違いないでしょうか」

「はい。このたびはセラリア女王陛下の名代《みょうだい》として魔術国に来た次第です」

いや、違うんだが、この世界は写真もないものだから、こういう替え玉がすんなりいくのはありがたい。

とりあえず証拠の親書を渡す。

この親書は偽物ではない。セラリア君がちゃんと書いたものだ。

「確認いたしました。では、これから城の方へ来ていただきたいのですが、申し訳ありませんが、入城の際は武器を預けてもらうことになります。もちろん護衛の方々もです。安全のためですのでご理解ください」

まあ、当然だな。

「分かりました。護衛の数などの制限はありますか？」

「いえ、全員で8名と伺っていますので、この人数であれば、全員入城していただけます。会合の際は連れていける護衛は制限されると思いますが」

「そうですか。ならよかった。準備はできていますので今すぐ出発しましょう」

「はっ、ではこちらへ」

そのあとは特に問題もなく、武器を預けて城の中へ入った。

もちろん預けた武器は囮だ。

ナールジア殿の趣味満載の武器は、たちまち取られるか、入城自体を拒否される可能性があるレベルの品だ。

そういうのはアイテムボックスの中に放り込んでいる。

「では、こちらで少々お待ちください。案内の者が参りますので」

「分かりました」

しかし、城の中は特に変わりがないように見える。

まあ、極端に違うような場所は逆に警戒心をあおるから、こういうのが普通なのだろう。

「さて、タイゾウさん。会合について行くのは、予定通りでいいのかな？」

「そうですね。コメット殿は私のアレの範囲内では行動ができませんし、ついて行ける護衛はおそらく多くて3名、少なくて2名といったところでしょう。予定通りでかまわないでしょう」

3名の場合はジェシカ君、リエル君、ポープリ君。

2名の場合はジェシカ君、リエル君。

このように予定している。

ポープリ君は残念ながら魔術師なので、私のスキル内では十二分に生かせないという枷《かせ》があり、2名の時には外すようになっている。

コメット殿は言わずもがな、私のスキル範囲では生命の危機に陥《おちい》るので、最初からついてこない。後方からの支援が魔術師としてコメット殿に合っているからな。

リーア君も勇者ではあるが、護衛としては経験不足なので、その圧倒的な火力と防御を生かした後方かく乱ということになっている。

護衛に残る2名だが、ジェシカ君はもともと騎士であり、こういうことに慣れていること、リエル君は猫人族としての聴覚や冒険者時代を生かした索敵に優れているので残っている。

私とエリス君、そしてファイデ殿は守りを護衛のみんなに任せて、ノノア殿と交渉というわけだ。

「でもさー、僕は笑いをこらえられるか心配だよ」

「あっはっはっは。私は無理だね。きっとそのノノアの顔を見たら噴き出す自信があるね。後方待機でよかったよ。リエル君は頑張りたまえ」

「コメット、ずるいなー」

そんな会話をしていると、案内が来た。

いよいよか。

「失礼いたします。護衛は3名まで、残りの方はこちらで待機となりますが、よろしいでしょうか？」

3名か、近くの護衛が多いのはありがたいな。

「はい。大丈夫です。では、ここを頼む」

「「はっ」」

演技だけは一応しておく。

彼女たちが案内の兵士に護衛だと認識させておくのだ。

それを済ませて、案内の兵士についていき……。

「こちらです。ウィードの使者の方をお連れしました‼」

『入りなさい』

「はっ‼　失礼いたします‼」

ドアを開けて、中に招き入れられると、まあ変わり映えのしない応接室のような場所に、女性が一人たたずんでいた。

いや、部屋の隅には護衛らしき人も立っているが、おそらくは中央にいる彼女が……。

「ようこそ、魔術国へ。私が、この国を治める、ノノア・ウィザード・シャインです。ウィードからご足労感謝いたしますわ。そしてファイデ、ご苦労様」

彼女はそう言って微笑みながら、こちらをねぎらう。

おそらくは、彼女は美人という部類なのだろうが、生憎と、そういう事柄に興味がないのか、それともヒフィーさんという伴侶ができたからなのか、特にこれと言って心が動くようなことがない事実に、私は人としておかしいのだろうかと少し考えてしまった。

と、いけない。挨拶を返さなくては。

「これはご丁寧に。私はウィードで参謀をやらせてもらっているユキというものです。こちらは、エリス。ウィードでは交渉事や財政管理などを受けている才女であります」

「そうですか。で、他の3名は？」

「他の3名は護衛ですので、お気になさらず」

「そうですか。では、立ち話もなんですので、お座りになってください」

そう言われて、私とエリス君はソファーに座る。

「しかし、驚きましたわ。まさか、ユキ殿ご本人がお越しになるとは」

「いえ、あくまでも女王陛下の名代ですので。しかし、このたびは急な訪問を受けてくださり感謝いたします」

「いえ。私にとっても大事なことでしたから」

ふむ。

この期に及んで、まだ落ち着き払っているな。

こちらにもいまだ丁寧ということは、自分が圧倒的優位というのを疑っていないのか、それとも私たちを一網打尽にする策があるかだが、後者は可能性が低いな。

コメット君たちやスティーブ君たちからの報告も飛んでこない。

ここまでの認識のズレをどう話したものかな……。

「そちらも大事と認識しているのであれば、さっそく本題に入りたいと思うのですがよろしいでしょうか？」

「ええ。かまいません。私としても、下手な探り合いで時間を浪費するのは避けたいので。ファイデから事情を聞いてこちらに来ているのでしょう？」

「はい。その通りです。では、本題にと言いたいところですが、そちらの護衛の方々には？」

「大丈夫です。彼らは私が選んだ勇者もいますので、裏の事情は存じておりますから」

……なるほど。神による勇者認定した人物がこの護衛の４人の中にいるのか。

「では、率直に申し上げます」

「はい」

「ファイデ殿を通じての、リリーシュ殿への接触、その経由で話は伺いました」

「ご自分たちの立場が理解できたと思いますわ。このままではすべてが敵に回ります」

……本当に自分が絶対優位であると疑っていない表情だな。

「それらを踏まえて、私たちウィードが下した決断ですが……」

「決断は？」

彼女は促すように言っているが、きっと望むような回答ではないと思う。

「色々と認識の齟齬がありすぎて、下手にことを動かすのは問題しかありません。今一度、しっかり話し合いの席を設けられればと思います」

「……どういうことかしら？　あなたたちは自分たちが愚かなことをしているという自覚が出て、私にとりなしを頼みに来たのではないのかしら？」

一気に部屋の温度が下がる。

微笑みを浮かべていたノノア殿も無表情になってこちらを睨んでいる。

「あなたたちは、今、自分たちがどういう状況にあるか分かっているのかしら？」

「ええ。そちらが勝手に我が国を敵と認識して、色々動いているというのは理解しています」

「それは違うわ。そちらがルナ様の力にすがるだけの愚か者だからという原因が分かっていないのかしら？」

「そこです。そこの認識が違うのです」

「そこ？」

「とりあえず。怒るにしろ、私たちの話を聞いてからでも遅くはありません。ここはあなたの居城なのですから。違いませんか？」

「私からも頼む」

「……いいわ。言い訳ぐらいは聞いてあげましょう。少しでもましな話をしてくれることを願うわ。そうしないと、貴方たち全員どうなるか分からないわよ？」

……とりあえず、会話には持っていけそうでよかった。

これから、力技になるか、話し合いで済むかは私のやり方一つということだな。

第439掘：大混乱だぜ!!

Side：ノノア・ウィザード・シャイン　魔術国長　魔術神

「とりあえず。怒るにしろ、私たちの話を聞いてからでも遅くはありません。ここはあなたの居城なのですから、違いませんか？」

「私からも頼む」

「……いいわ。言い訳ぐらいは聞いてあげましょう。少しでもましな話をしてくれることを願うわ。そうしないと、貴方たち全員どうなるか分からないわよ？」

まったく、この偽者は状況が分かっていないのかしら？

それとも、セラリアの奴が、わざとやらせているのかしら？

でも、敵対するのであれば、わざわざ使者を送ってくるわけもないし、話を聞くだけ聞いてみても問題ないでしょう。

ファイデが話を聞けというのも気になるし、こっちとしては、今後のノゴーシュとの対立でダンジョンマスターがいないのは不利すぎる。

何としても、ウィードにいるダンジョンマスターであるセラリアはこちらに引き入れたい。

……そうね。向こうは、自分たちが間違っているという認識がないのだから、そこを丁寧に教えてあげれば、私に恩を感じるでしょう。

そもそも、異世界という未発達の世界から連れてこられたのだから、その辺りは私たちが大人の対応をしてあげなければいけない。

落ち着きましょう。短気は損気。知性溢れる私にはふさわしくないわ。

「では、そちらのご希望に添えられるかは分かりませんが、こちらが言う認識の齟齬を説明いたしましょう」

「ええ、お聞かせ願えるかしら？」

「その前に、確認をしたいのですが、今回の使者の受け入れの目的は私たちとの協力関係を結びたい、あるいは属国の関係を結びたいからだと思っておりますが、間違いはないでしょうか？」

ふむ。

ユキと名乗るこのおじさまも、そこのところは理解できているらしい。

「その通りです。私たちとしては、貴方のダンジョンマスターとしての力をこのまま切り捨てるのは惜しいと思っています。そちらにはこの世界の常識がないようですし、その辺を補い合うという形で悪いようにはしませんわ」

ま、私の部下になってもらうっていうのが正しい認識よね。

ノゴーシュの所にこれ以上、戦力が集まれば対抗するのは難しくなってくるもの。

「……ふむ。やはりおかしいですね」

私の説明を聞いたユキはそう呟く。

「何がでしょうか？」

「うーむ。どう説明したものか悩みますが、とりあえず、結論から言ってみましょう。そちらの把握しているこちらの実情はまったく違うのです」

「どういうことでしょうか？　どの情報が間違っているのでしょうか？」

「何もかもです。そもそも、そちらの主張がこちらとしては意味不明なのですよ。そうですね。まずは、そちらの主張の食い違いを一つ一つ説明していくとしましょう。まずは、私たちがルナ殿から力を無尽蔵にもらい、ダンジョンを拡大しているという認識ですが……」

あら、ルナ様の聖名を軽々しく口にするなんて、不敬すぎるわね。

この場で……、って落ち着きなさい。話を聞くと決めたのだから。

「それが違うのですか？」

「はい。違います。よく考えていただきたい。ルナ殿は、私たちの自らの手で世界の問題を解決することを望んでいます。異世界から連れてきたというだけで、手助け、いや無尽蔵の援助をするのであれば、そもそも、私を立てる意味もないでしょう。ルナ殿自らやってしまった方が早い」

「それは……。いえ、ルナ様はお忙しく、だからこそユキ殿に手を貸したのでは？」

「それこそおかしな話です。わざわざ新人を連れてきてそちらを贔屓《ひいき》にすれば、このように問題が起こるのは必然。私ではなく、ノノア殿たちに援助があってしかるべきでは？」

……確かにそうだ。

私たちにルナ様がお力を授けてくださった方が、混乱もないはずだ。

いや、待つのよ。今の本題はお互いの齟齬、間違いを正すための話だ。

だから……。

「つまり、ユキ殿はルナ様から無尽蔵の援助などは受けていないということを言いたいのですか？」

「はい。その通りです」

落ち着くのよ。

これは、言い逃れのためのウソ。

そこを指摘すればいい。

「しかし、あの規模のダンジョンや転移ゲートなどは、魔力が足りないのは私も理解しています。その魔力はいったいどこから来たのでしょうか？　ルナ様以外にあり得ないと思うのですが？」

そう、あんな規模のダンジョンを作るのにも維持するのにも、魔力が絶対に足らない。

「それとも、どこからか人を攫って、ＤＰに変えているのですか？　そんな所業を私は見過ごすことはできませんよ？」

　魔力を注いでもたかが知れている。

奴隷でも買い入れて、殺してＤＰに変えるぐらいだが、ルナ様の援助を受けていないと言い張るなら、その殺した数は数えきれないでしょう。

　そんなことをする相手を野放しにはできない。

　どう言っても、貴方たちが許されるわけはないの。

　しかし、ユキは特に動揺することなく、再び首を傾げて口を開く。

「やはり変ですな。ファイデ殿と同じことを仰る」

「それはそうです。私がファイデにダンジョンの在り方を教えたのですから。で、何が変なのでしょうか？」

「ダンジョンを維持するための魔力を得るための方法ですが、ノノア殿が言った他にまだ手段があります」

「……どういう方法でしょうか？」

「ダンジョンの支配下でない生物が長時間ダンジョンに留まることにより、無意識に霧散するそのわずかばかりの魔力がダンジョンに吸収されるのです」

　……そんな馬鹿な。

　それなら、あれだけ人々を抱えているウィードの魔力が足りなくなるなんてことはない。

いちいち人々を犠牲にする必要もない。

つまり、私たちの方が見当違いなことを言っているということになる。

残るのは、私たちが異世界人に負けているという事実を認めたくなくて我儘《わがまま》を言っているだけ……。

いいえ、待つのよ。

相手の言葉を鵜呑みにしてはいけない。

「それが真実だという証拠はあるのでしょうか？」

「そうですね。私の方も別のダンジョンマスターと繋がりがあるわけですが、どの方も同じようにダンジョン内に人が一定時間いると魔力を回収できるといっていますから。私だけが特別ではないと言えますね」

「今、何と言いましたか？　ユキ殿はすでに他のダンジョンマスターと接触しているような発言でしたが……」

「ええ。すでに複数のダンジョンマスターと友誼を結んで協力して魔力枯渇問題に取り組んでいます。無論、リリーシュ殿や他の神々の協力もあります」

「……」

待ちなさい。

……これってかなりまずいのかしら？

てっきり一人で成り上がっていると思っていたのに、ユキことセラリアを潰せば掌握できるわけではない？

しかも、ダンジョンマスターのみならず、リリーシュ以外の神が協力している？

そんな馬鹿な。この大陸に残っているのは私たち以外には獣神ゴータのみ。

神々って言ったしゴータ以外の神がいるってことよね。どこから来たのよ⁉

「まあ、私の口だけでは信じられないでしょうから、ファイデ殿にもこうして同行していただいたわけです」

「そ、そうですね。ファイデ、貴方が見て聞いた話を聞かせて頂戴」

「ノノア。事実だ。このまま戦いを仕掛ければ、お前たちはただのやっかみ、嫉妬《しっと》で襲い掛かったという実に馬鹿らしい名しか残らない。どこにも大義はないからな」

一縷《る》の望みをかけてファイデから否定して欲しかったのだけど……。

「……」

私はどうするべきなのかしら？

すでに色々な工作は仕掛けているし、いまさら寝返りは許されるのかしら……。

いや、そもそも、問題はなぜここまで認識の違いがあったのかだ。

「……今はまだ混乱しています。しかし、なぜこのような齟齬が生じているのか見当がつきますか？」

「予想でしかないと前提に付きますが」

「それで構いません」

今、ちゃんと話を聞かなければ私の国はなくなる。

そんな気がした。

だってファイデもあちら側だし、これはすでに情報で不利、物量でも不利。

大義もなし。これでどうやって勝てるのよ。

「まず、聞きたいのですがノノア殿は直接ダンジョンマスターとの面識などはないのではありませんか？　情報は誰かから又聞きされたのでは？」

「……そうです。剣神ノゴーシュから聞きました。協力として、実際、コアに魔力を注いで送るという行為はしていました」

「なるほど。では、おそらく、ノノア殿は情報を制限されて聞かされ、協力者として担がれたのではないかと考えます。魔術神と言われるあなたであれば、膨大な魔力を供給できるのですから」

「確かに、そちらの言う通りです。しかし、なぜ、ノゴーシュやダンジョンマスターはそんなことを……と聞くのは愚問ですね。自分たちで独り占めしたかったのでしょうね」

「おそらくは」

ちっ、馬鹿だと思っていたあいつも、ちゃんと頭を働かせて、こっちを飼い殺しするつもりだったのね。

「くやしいですが理解はできました。しかし、なぜこのような話をしたのでしょうか？　私の方にダンジョンマスターがいないとも限りませんし、私がだましている側だという可能性も拭えません。ここまで危険を冒して、なぜ私たちと話し合いを求めたのでしょうか？」

「それは、安全の確保ができたからです」

「安全の確保ですか？　それはどういう……」

私が続きを促そうとした言葉は続かなかった……。

『文字通り。安全が確保できたからだよ。そして事実を話してあわよくば協力体制、嘘だと言って敵対するなら、そっちを捕縛する用意ができていたってことだ』

そんな、この部屋にはいない第三者の声が響いたからだ。

私や護衛たちは慌てて、辺りを見回すが、この部屋に人が隠れられるような場所はないし、私の耳がおかしくなければ声はユキ殿から聞こえている。

『おっと、特にそっちを害する気はないからな。そこのメンバーに手出しはしないでくれ。そうなれば、こっちも捕縛しないといけないからな。で、話の続きだけどな。なぜこんな話をしたかの一番の理由は、知らなすぎるんだよ。ダンジョンマスターについて。だってすでにこの城はダンジョン化してこっちの支配下だしな』

「はぁ!?　そんなことができるわけないでしょう。馬鹿にしているのかしら？」

何かいきなりとんでもないことを言い出す、声だけの存在。

そんなに簡単にダンジョンが作れるなら、今頃世界はすでにダンジョンだらけよ。

『馬鹿にしているつもりはない。だからこそ知らないということを信用できるんだけどな。とりあえず、ダンジョンとしてその城を掌握している証拠を、そこのユキから見せてもらうといいさ』

そう言われて、ユキ殿たちを見るが、なるほど、落ち着き払っている。

「……そちらの協力者というのは真実のようですね。で、我が城を手中に収めた証拠とやらを見せてもらえるのでしょうか？」

「分かりました。ではまず、この城の立体的な見取り図でも……」

そう言って、ユキ殿がダンジョンマスターとしての力を使ったのか、半透明な城の小さな模型が出てきた。

「これは……間違いなく。私の城」

「納得いただけて何よりです。他に確実な証拠といわれると、この部屋にゴブリンでも召喚《しょうかん》するのが一番分かりやすいと思いますが、どうされますか？」

「い、いいえ。それは結構です」

……どういうこと？

偽者かと思っていたこのユキは、本物のダンジョンマスターだったということ？

では、セラリアは何？

わ、分からない。いったい私はどういう状況に陥っているの⁉

『その混乱が何も知らないっていう証拠だ。だから、あんたはただ踊らされているだけと判断して、説得を試みたわけだ。彼の、ユキのナイス判断に感謝しろよ。本来なら問答無用で捕縛か処刑の予定だったんだからな』

声だけの存在の言葉で、ようやく私は自分の状況が理解できた。

すでに私たちはいつ殺されてもおかしくない状況に置かれていたのだと……。

第440掘：最終兵器幼女とかの勇者の因縁

Side：エリス

ユキさんが声だけで乱入してくるとは思いませんでしたが、城を掌握していると証明するのには一番穏便で分かりやすい方法だったでしょう。

タイゾウさんのなるべく穏便に済ませようという姿勢に協力したのでしょうね。

ユキさんも戦いなどといった血なまぐさいことは嫌いですから。

ノノアは思ったよりも愚かではなかったようですし、こちらの話を聞く耳を持っていたのも幸いだったでしょう。

まあ、不運というべきは、ユキさんが相手だからと言うべきでしょう。

これまでのダンジョンとはまったく違う運用方法でここまで来たのですから、この世界の常識を作ったとされる神々が発想できるのであれば、すでに魔力枯渇の問題は解決できていますし、ユキさんがこちらに呼ばれることもなかったでしょう。

……ですが、理解できない者もやはり存在します。

「貴様ら‼　このようなことをしてただで済むと思うな‼　このような脅しで我が国が屈すると思ったのか‼　ノノア様、だまされてはいけません‼　この者たちの虚言に決まっております‼」

護衛の一人がそうわめいてこちらに近寄ってきます。

確か、ノノアが勇者認定したという人でしたね。

確かに、普通を超える力は持っているようですが……。

「落ち着きなさい‼」

「しかし、この者たちの言動は見過ごせません‼　これは宣戦布告ともとれる言動です‼　私はノノア様の勇者として、この者たちを捕縛いたします‼」

ノノアの制止を聞かず、ノノアの護衛の中で唯一魔術師の姿ではなく、鎧姿の勇者は腰に佩《は》いた剣を引き抜き、切っ先をこちらに向ける。

まあ、護衛とか、国を守る者の観点からすれば今の話を聞けば当然の行為ではあります。

そういう意味では、ちゃんと義務を果たしていると褒めるべきでしょうが……。

「ポープリ」

私が動いてもよいのですが、一応要人として来ていますし、護衛の役のメンバーに動いてもらわないと意味がないので、一番インパクトがありそうな、小柄なポープリに声をかけます。

「承知しました」

ポープリも私が声をかけた意図を分かっているのでしょう。

特に慌てる様子もなく、とことこと容姿に似合ったかわいらしい歩き方で、勇者の前まで歩いていきます。

それを見た勇者はみるみる不快感をあらわにします。

「見てくださいノノア様‼ 小さな非力な少女を護衛などと言って連れている輩《やから》の言葉など信じるに値しません‼ しかも、私との盾に使おうなどと、人の風上にも置けません‼ 君、そんな命令を聞く必要はない、ちゃんと私たちが守ってあげるから、こっちに来るんだ」

予想通り、侮って憤《いきどお》っています。

ポープリを守るべきかわいそうな少女……幼女として見ているようです。

普通はそう見ますよね。

ですが、ポープリにとってはよくある演技の一つです。

私よりもはるかに長生きしているのですから、こういうやり取りは何度も経験しているでしょう。

そういう意味でも、ポープリが護衛の三人に残った理由と言えます。

彼女は年の功と幼女の容姿を使った話し合いを得意としているのです。

「お兄ちゃんありがとう」

ポープリはそう甘ったるい声を出して、とことことさらに勇者の方に近づいていき、勇者も特に警戒していないのか、剣を向けることもしなかったのですが……。

ガシッ。

ポープリはかわいらしい小さな手で剣の切っ先を片手でつかみます。

「君、剣に触ると危ないから放しなさい」

なぜそのようなことをしたのか理解できない勇者はそう言っていますが、ノノアの方は顔面蒼白になっています。

それはそうでしょう。

前に立った時点でポープリは魔力を解放していますから、ある程度力量がある者なら察せられます。

すでに、私たちはノノアたちのレベルを正確に把握しているのですが、簡単に言うのであれば、この勇者はまだその域に達していないのです。

つまり……。

「んー。君の心遣いはありがたいが。なぜ私のような小娘が出てきたか？　という疑問を持ち警戒するべきだったたね」

「何を……」

「何をじゃないよ。君はまだまだ若造だということだ」

バギンッ‼

そう、敵たりえる相手ではないのです。

勇者の回答を待つまでもなく、剣を握りつぶすポープリ。

そしてそのまま、勇者の眼前に飛んで、蹴りを入れ、壁まで吹き飛ばしてたたきつける。

見事に決まったのか、勇者は起きてくることなく沈黙する。

「ふむ。ある程度、実地試験はしているから分かっているけど、私程度でもこの威力。いやはや、恐ろしいね。いや、格闘術を教えてくれたデリーユ殿に感謝かな？　彼女の教えがなければ、手加減ができないで殺していただろうね」

そう言いながら、ポンポンと服装を整えるポープリ。

そして思い出したように、ノノアに声をかける。

「ああ、ノノア殿」

「は、はいっ⁉」

「ど、どうじょ‼」

「護衛風情から声をかけるのは失礼だと思うけど、一ついいだろうか？」

「彼の行動に対しては特に何も文句はつけたりしないから安心してくれ。彼の言うように疑わしいのは私たちも理解しているし、彼の行動は護衛としては褒められるべきことだ。まあ、ちょっと甘いところはあったが、騎士としては合格だろう」

「あ、ありがとうごじゃいます……」

「と、すまない。私が言いたかったことは、それじゃない」

「で、では、どういった？」

「簡潔に言うと、私はこのメンバーの中で一番実力が下なんだ。そもそも専門はノノア殿と同じで魔術師でね」

そうポープリが告げると、ノノアの目が点になって、こちらを確認して顔が青から白になって、ぶるぶると震えだした。

ようやく正確に実力差と現状を理解したのでしょうね。

そして、いきなり頭を下げ……。

「魔術国はウィードへの全面降伏、服従を誓います‼ ですので、なにとぞ、民にはご容赦《ようしゃ》を、すべての責任は私にあります‼」

そう言い出しました。

こっちはそのつもりはないのですが、まああの実力差を見たら、勝負を仕掛けた時点で終わりだと思ったのでしょう。

しかし、彼女は彼女なりに、自国の民の平穏を願っていることが分かったのは幸いでした。

腐っても神というべきでしょうか？

判断は間違っていましたが、それでも彼女なりの平和への道筋だったのでしょう。

だって、頑張ればポープリぐらいは何とか倒せる実力を彼女は持っているのですから。

ナールジアシリーズの武具を外していたらという限定が付きますが。

「ノノア殿、頭をお上げください。私たちはそちらの降伏や服従を望んでおりません。こうやって話し合いに来たのが何よりの証拠です」

がくぶるのノノアを見て苦笑いをしながら、タイゾウさんが話しかけます。

すでにポープリは私たちの後ろに戻っており、ジェシカは普通の表情ですが、リエルは笑いを必死にこらえている様子です。

これは、別室でこの状況を眺めているリーアやコメットは爆笑していそうですね。

「なぜ、そのような寛大なことを仰るのでしょうか?」

ノノアはようやく恐る恐る顔を上げたが、なぜタイゾウさんがそんなことを言うか理解できていないようだ。

まあ、ユキさんの言う魔力枯渇に対する方針が、この神々とまったく違うのだから仕方がないでしょう。

この世界はいまだ文明が育たず、相手を飲み込むことこそ、自国の、未来への発展と疑っていませんから。

「なぜと言われましても、これが私の方針なのですよ」

「方針と申しますと?」

「そもそも、私は世界を統一するという手段を取るつもりがないのです。それよりも一刻も早く、魔力枯渇に対する研究を進めるべきだと思うのです。つまり……」

そして、タイゾウさんがユキさんの方針をノノアにしっかりと説明していきます。

同盟を組んで各々魔力の研究をしてもらって、魔力枯渇の危険性を自発的に認識させて、多方面からの研究による、多角的視点を用いて、魔力枯渇への解決策を探していこうと。

その障害となりえる、国同士の争いはすでに、ダンジョンのゲートを用いて沈静化しつつあること、など、その過程で、この体制を作り上げた三大国やウィードに対して嫉妬からの妨害などが起こっていて、その一つに魔術国があったという話を、結構時間がかかりながらも説明し終えました。

私やファイデ殿もフォローに回り、ジェシカ、リエル、ポープリも参考資料を広げたりと色々大変でしたが、その結果……。

「素晴らしいです‼　異世界のモノの見方‼　新しい国家のあり方‼　才能の発掘‼　新しい発想を促すための形‼　これならば民が困難に陥っても他国が助けてくれる‼」

さすがに魔術という学問の一分野で神と呼ばれているノノア。

理解するのはとてつもなく早かったのですが……。

「魔術国は剣の国との同盟を破棄して、三大国連合同盟に加わります‼　というか、あの大馬鹿者どもに、鉄槌《てっつい》を今すぐ下しましょう‼」

だまされていたこともあってか、やたらと息巻いています。

「ま、まあ、落ち着いてください。同盟に加わっていただけるのはありがたいですが、今は敵対勢力を押さえなければいけません。そのために、剣の国のノゴーシュと繋がりのあるノノア殿に協力をして欲しいのです」

「何なりとご命令を」

「いえ、同盟国なので、お願いとなりますから」

「失礼いたしました。どのような協力も惜しみません」

……なんというか、研究以外はからきしなのでしょうね。素直すぎます。

だからこそ、小国にとどまっているのでしょうか。

「では、今の状況を、剣の国との同盟を続けてもらい、相手の情報を得たいのですがいいでしょうか？」

「……なるほど。しっかりと情報を見極めて行動を起こしたいのですね？ 私たちにしたように」

「その通りです。不要な争いを避けられるならば避けるべきです」

「分かりました。私としては、かの脳筋はさっさと滅するべきだとは思いますが、確かに無辜《むこ》の民が巻き込まれてはいけません。慎重に動くべきですね」

なるほど、ノゴーシュとノノアはそれほど仲良くはなかったのが、今回の使者受け入れの要因でもあるみたいですね。

「早速ですが、今、剣の国とダンジョンマスターについて知っていることがあれば教えていただきたいのですが」

そうです。

今は少しでも多くの情報を手に入れ、剣の国へ応援を回さないといけません。

魔術国が外れだったのであれば、ノノアが同盟している剣の国にダンジョンマスターがいると考えるべきでしょうから。

「お恥ずかしながら、剣の国は隣接しているわけでもないので手紙でのやり取りぐらいでして、最近の様子をこの目で見たことはないのです」

「そうですか……」

それは仕方がないです。

だって、私たちが、そうやって連合に入らない国は孤立するように仕向けたのですから。

「しかし、魔力を籠めることによって、連絡が取れる道具と、DPを蓄えるためにダンジョンコアを送ってきて、見返りとして、いくばくかの物資援助も受けておりました」

……なんで連絡するのに魔道具なんて使っているのかしら？

あ、コールはユキさん特有だったかしら？

あと、DPの代わりに見返りの物資を受けていたのなら、相手の言っていることの信憑性《しんぴょうせい》は増しますし、そういったところから信じたのかしら？

私がそう考えていると、ノノアは何か思い出したのか、何かを言いかけて口ごもります。

「何か？」

「いえ、その……私事の困りごとがありまして……」

「私たちは同盟国ですし、今回の良き協力者です。誤解もとけたのですから、できることであれば手を貸しますよ？」

「そ、そうですか？　な、ならば……、ウィードで販売しているシャンプーとリンスを売っていただけないでしょうか？　最近取り締まりが厳しく、手に入らなくなっているので……」

「……」

タイゾウさんが固まった。

何を言ってんだ、この女って顔です。

私も多少は同意しますが、気持ちは分かるので私がフォローするべきでしょうね。

「ノノア殿の髪は美しいですからね。その維持とケアは大変でしょう。気持ちもよく分かりますし、私の方からお譲りいたしますよ」

「ほ、本当ですか‼　ありがとうございます。エリス殿‼　あれは、やはりウィードで生産されているのですね‼」

「い、いえ。ユキの故郷からＤＰと引き換えに仕入れているのです。そういった面ではある種の事実を織り交ぜているので、ノノア殿もだまされたのでしょう」

とりあえず、シャンプー談義は後にして、話を戻すように促したのだが、そこで意外なことがノノアの口から発せられた。

「なるほど。しかし、こんな小細工はノゴーシュの脳筋には無理、なら、ダンジョンマスターである、ビッツ・ランクスが指示したと思うべきかしら？」

「「ちょ、ちょっと待って」」

慌てて止めに入ったのは、ランクスともめた時にいた私とリエルの二人。

「お二人とも、どうかいたしましたか？」

「ダンジョンマスターの名前言ったよね⁉」

「そうです。言いましたよね。もう一度名前をお願いします」

「あ、そういえば言っていませんでしたね。ノゴーシュの所にいると思われる、ダンジョンマスターの名前はビッツ・ランクス。かの異世界から呼び出された勇者に王国を乗っ取られた、かわいそうな姫らしいですよ？」

……あ？

誰が、かわいそうな姫君だって？

「ひっ⁉　な、何か問題でも⁉」

あ、つい顔に出ちゃったみたい。

でも仕方ないですよね。

さんざん、ウィードで暴れてくれたのですから。

「いえ、私たちとも因縁のある相手なので」

「うん。そうなんだ。ウィードで暴れたんだよ。そのお姫様」

「やはりそうでしたか、何やら、ビッツ・ランクスの話を集めると真逆の話がよくあるのです」

あのクソ姫がー。

至急、ユキさんに連絡を取らないといけませんね。

第441掘：過去の姫君

Side：ユキ

『あ、そういえば言っていませんでしたね。ノゴーシュの所にいると思われる、ダンジョンマスターの名前はビッツ・ランクス。かの異世界から呼び出された勇者に王国を乗っ取られた、かわいそうな姫らしいですよ？』

ほほう？

なにやら、今回の裏が見えてきたぞ。

「ほーう。あのクソ姫が動いておったのか」

「あの時の、クソバカ姫ですかー。殺しておくべきでしたね」

「そうだね。そう思うよ」

「……殺っておくべきだった」

デリーユ、ラッツ、トーリ、カヤはその話を聞いて、殺気を溢れさせて静かに怒っていた。

俺も、そうは思うけど、あの時は色々問題があったしなー。

というか、タイキ君が片づけるべき問題だったしな。

ミリーやアスリンたちがいなくてよかったわ。

ミリーは興奮しておなかの子によくないだろうし、アスリンたちはあのクソ姫と直接会って罵倒されているからな。

「えーっと、その皆様がお怒りになっている、ビッツ・ランクスとは何者でしょうか？」

「ん。私たちに聞き覚えがないということは、この大陸での出来事？」

首を傾げているのは、当時いなかったサマンサとクリーナ。

あとで現場にいるジェシカにも説明をしておかないとな。

とりあえず、再確認のためにもサマンサとクリーナに説明するか。

「クリーナの言う通り、こっちの大陸での出来事だ。えーっと、簡単に説明するとだな……」

ウィード建国祭の時に、方々から集まった小国の一つで、タイキ君が現在国王を務めている国、ランクスの姫君だった人物だ。

その名もビッツ・ランクス。

タイキ君曰《いわ》く、ビッチ姫。一つ文字ずらしただけだから、お似合いだろうって言ってた。

よくある小悪党というか、勇者の看板だけを利用して、自分たちが好き勝手にふるまえるようにしていた暴君？　やっぱり小悪党でいいや。

とにかく、勇者という看板を盾に、大義名分ということで他の国を攻め滅ぼしたわけよ。

「……なんですか、その屑は」

「あり得ない。なぜ、そんなことが許された？」

当時はまだ魔王が脅威として存在していた時期なので、勇者に従わないということは、魔王に与《くみ》している。そういう大義名分で魔王の配下は討つべしと。

勇者としては、破格らしい俺と同じ異世界出身だから、各国としても下手に口は出せないし、魔王討伐のためと言われたら、なんにも言えなかったとのこと。

「本物の屑ですわね」

「ん。屑」

当時のタイキ君は何も知らないし、周りの誰が敵で味方か区別がつかないから、とりあえずいうことを聞きつつ、情報や力を集めていた。

そして、ランクスが横暴をやっていると気が付いて、どうにかしようと悩んでいた。

下手に謀反を起こそうにも、周りが巻き込まれるし、国々に呼びかけを行われたら勝ち目がないと。

「……タイキ様も相当苦労なさったのですね」

「……勇者も大変」

そんなことを悩んでいたら、ウィードができて、勇者という単一戦力に頼らず、同盟国でいざ魔王退治みたいなことになってきたから、勇者の看板で色々甘い汁を吸っていたランクスはそれが当然受けられなくなる。

だから、ウィードに行って難癖《なんくせ》をつけようとした。

でも、タイキ君もここで他国と連絡を取って、謀反を起こすための準備をするいい機会と思ってビッチ姫、じゃなかったビッツ姫と一緒にウィード建国祭に来たわけだ。

だが、ここでタイキ君は気が付いた。

このウィードの在り方は同じ日本人が関わっていると、だから、なんとかして俺と接触を図った。

やり方はまあ乱暴だったけど、アスリンたちも許しているから問題ない。

「どういうことをしたのですか?」

「ん。そこはごまかしてはいけない」

……えーっと、ドッペルのアスリンにいきなり斬りかかった。

本当に切るつもりはなかったみたいだが、まんまと俺が出て行った。

「しかも生身でな。あの時はさすがに肝が冷えたわ」

「本当ですよ。もう二度としないでくださいね」

「本当だよ」

「……ユキに首輪が必要だと思った事件」

「……ユキ様に首輪が必要だというのはよく分かりましたわ」

「ん。ユキは自分の立場が分かっていない。首輪をつけて私たちにリードを持たせるべき。それが安全」

いや、全員で頷くなよ。俺は犬じゃないやい。

と、そこはいいとして、そうやって、俺とタイキ君は現状を話し合って、ビッチ姫というかランクス王国の転覆に手を貸した。

結果は知っての通り、ビッチ姫たち王族を追い出し、タイキ君が無事王様になって新生ランクスが生まれたというわけだ。

「なるほど、つまり、そのランクスの元姫が今回の騒動を起こしていると、ノノア様の口から出たので殺気だっているということですか」

「ん。怒る理由は理解した。しかし、それはあり得ない。ダンジョンマスターはユキで打ち止めのはず。ルナが言っていた、近年はダンジョンマスターを現地で任命していないと。あの名簿にもビッツの名前がなかった。矛盾があるので、ビッツの名前をかたっている何者かという可能性もあるのでは？」

「俺たちが殺気立っている理由についてはサマンサの言う通り、そして、クリーナの推測も間違いじゃない。その可能性も十分にある。だけど、わざわざこの状況で偽名を使う理由が分からない。逆に俺たちに敵対した理由がしっくりくるんだよな」

「どういうこと？」

「つまりだ。ノノアの話であれば、ビッチ姫はかわいそうな悲劇のヒロインだ。それを追いやった悪の勇者タイキ、そしてノゴーシュやノノアから聞いたであろう、俺が異世界人だという事実から、今までの恨みつらみであらぬことを吹き込めば、それなりに相手もだまされるだろうさ。だって、すでに実績で抜かれてうっぷんが溜まっているからな。敵対する理由が少しでもあればいいわけだ」

「理解した。ビッツは今までの恨みを利用して、神々をウィードと敵対させようとした。しかし、それで怨恨という理由は分かるが、ダンジョンマスターという立場がどこから来たのか説明できていない」

「そこは、想像でしかないけどいいか？」

「ん。仮説として聞いておく」

「仮説な、それで行こう」

クリーナの言う通りに、とりあえずホワイトボードにカリカリと書き込んでいく。

仮説その１：俺と同じように、協力者のダンジョンマスターがいて名義貸しをしている。

仮説その２：あるいは、ダンジョンの制御を奪ったか。

仮説その３：実際はダンジョンなどなく、コアを使った偽装工作、およびコアを使った兵器開発。

「これが大体大まかな仮説だな」

「ふむー。相変わらずよくもまあ、こんな短時間でパッと思いつくのう」

「ですねー。お兄さんはなんというかこういう抜け道つぶしが好きですよね」

デリーユとラッツが感心して褒めてくれるが、これはどこぞの馬鹿共相手には常に必要なことだったのだ。

まあ、あいつらの場合、仮説その4があって「その場のノリ」というのがあるからたちが悪い。

しかも基本的にその4が適応されるから予防も対処もできねー。

そんなことはいいか。ちゃんと説明しておかないと。

「さて、俺としては可能性が一番高いのは仮説その2だと思っている」

「なぜでしょうか？」

「理由を聞かせて」

「簡単なんだけどな。ノノアを使って魔力をＤＰの足しにしていたことから、ダンジョンの特性を知らないということなんだよ。仮説その1だと、協力者のダンジョンマスターがいてその事実に気が付いていないということになるし、何より、住人がいればＤＰが簡単に回収できるシステムというのを見せた、ウィードを見たビッチが、同じ行動に出ていないのが不思議すぎる。俺たちとは別のダンジョン町を作った方が、勢力を盛り返すのには最適だからだ」

「なるほど。つまり、ビッツは詳しい説明も聞かずダンジョンマスターからダンジョンの制御を奪ったと思えばいい？」

「仮説だけどな。それを証明するように、ノノアの方にダンジョンを作るということをしていない。コアがあればダンジョンを生成できるという事実を知らないのか、それとも代理人でもいいと理解していないということだ。ほぼ対等な同盟国へのダンジョン建設は色々な意味で有利に働くからな。物流の円滑化《えんかつ》、連絡の簡易化、お互いの監視などなどな。ビッチ姫は腐っても王族だからな、こういう外交手段は多少なりとも知っているだろう。勇者っていう看板を利用するぐらいは思いついたんだからな」

「……説得力がある説明ですわね」

「ん。ユキの説明は的を射ていると思う。つまり、これはほぼビッツが裏で手を引いているとユキは思っている？」

「そうだな。十中八九そうじゃないかと思っている。あのビッチ姫はウィードにも恨みあっただろうからなー」

「逆恨みじゃったがな」

「自業自得ですよねー」

デリーユとラッツの言う通り、自業自得ではあるが、そんなことで悔い改めるような性格なら最初から問題になっていないし、タイキ君も謀反なんてしなかっただろうさ。

「でも、不思議だね。ビッチ姫が裏で色々やっているのなら、まずはウィードよりも、タイキさんのランクスに仕掛けるんじゃないかな？」

「トーリさん。それは準備が整っていなかったのですから、仕方ないですわ。匿《かくま》ってくれている神、魔力供給をしてくれる神を優先しないことには、協力も得られないでしょうから」

「ん。その通り」

トーリの疑問にサマンサが答えて、それを後押しするクリーナ。

しかし、俺もトーリの言葉に何か引っ掛かりを覚えている。

「んー。そうなんだけど。それが普通なんだけど、あのビッチ姫が自分の利益を捨ててまで我慢するとは思えないんだよ。なんかこっそり自分の分を増やしていそうなんだけど……」

そりゃー、あの強欲ビッチ姫だから当然やるだ……ろう!?

「あっ、やばい!!」

「な、なんじゃ!?」

「どうしたんですか？　お兄さん？」

驚くみんなを放って置いて、大至急タイキ君にコールで連絡を取る。

「出ろー!!　出ろよ!!」

長い、この時間がやたらと長く感じる。

『はい。タイキです。ユキさん、どうしたんですか？　ノノアの方でなにか進展がありましたか？』

「そうだ‼　タイキ君、その過程でビッツ・ランクスがダンジョンマスターとして名前が挙がった‼」

『はぁ⁉　クソビッチ姫の名前が⁉』

「そうだ。詳しい説明は後でするから、剣の国方面の警戒レベルを上げろ‼　あと、近辺の村とかごっそりなくなってないか確認しろ‼　移住とか説明が来てるのも全部だ‼」

『ちょ、ちょっと待ってください。それってまさか……』

「ああ、ビッチ姫が自分のダンジョンの餌にしてる可能性が高い。元自国領だから、こっそり動くのは楽だろうさ」

『あのクソビッチ姫が‼　分かりました。大至急調べさせます‼』

トーリの言う通り、自分でやれることはやるタイプだ、この悪い予想が当たってないといいが……。

こればかりは、もう後手だからそこまでビッチ姫が愚かでないと願うしかない。

「ったく、ゆっくりノノアの事情聴取を聞いている暇はなさそうだな。ノノアのことはタイゾウさんたちに任せて、俺たちはモーブたちや霧華と連絡を取って、剣の国の調査を本格的に始めるぞ」

「「はい‼」」

しかし、剣の国にいる人員が少ない。

シェーラにも現状を報告して、ガルツの防衛警戒レベルも上げないといけないな。
ランクスほどでないとはいえ、恨みを買っただろうからな。

第442掘：動き出す冒険者たち

Side：モーブ

『……というわけで、剣の国、ノゴーシュ側にダンジョンマスターがいる可能性が非常に高い。しかも、ランクスのビッチ姫の名前が挙がった』

「……なんだよそれ」

俺は突如もたらされた報告に頭を抱えていた。

さっきまで懐かしの居酒屋でワイワイやってたのに、一気に酔いが冷めたわ。

なに？　俺の足元にあの我儘王女が作ったダンジョンが広がっている可能性があるって？

怖すぎるわ‼

「どうした？」

「何かありましたか？　飲みすぎたにしてはまだ全然ですけど？」

気が付けば、俺を追ってきたのか、ライヤとカースが立っていた。

「あ、すまん。支払いとかは？」

「もう済ませた。お前が出て行ったからな」

「主役のモーブさんが出て行ったから宴会はお開きですよ」

「そうか」

　俺の帰還を祝ってくれた故郷のみんなには悪いことをしたが、正直言って、酒をのんびり飲んでいる暇もなさそうだ。

　問題を片づけてあとでちゃんと飲みなおそう。

　まずは、ライヤとカースに説明をしないとな。

「ユキから連絡が来た。宿で説明する」

「分かった」

「分かりました」

　俺の顔がマジだったからすぐに返事をして宿へ向かう。

　こういう時は長年コンビを組んでいると阿吽《あうん》の呼吸だよな。

「あら、モーブさんたち。こんばんは」

「おう、霧華。こんばんは」

　霧華はすでに宿の前にいて、こちらが戻ってくるのを待っていたらしい。

　まあ建前上は、同じ宿にただ泊まっているだけの顔見知りなんだけどな。

「面白い話があったぞ」

「私もですよ。良ければ食堂で飲みませんか?」

「すまないな。すでに飲んできてもう寝るところなんだよ」

「あら、つれないですね。まあ、無理に飲んでも美味しくないですし、今度にしましょう」

そう言って、霧華は先に宿に入って行って、宿の親父に一言挨拶をして、さっさと部屋に行ってしまう。

「おいおい。モーブ。あんな美人さんの誘いを断るこたねーだろう」

「いいんだよ。娘ほどってわけじゃないが、……まだ思い出すんでな」

「……すまん。考えなしだった」

便利だね。俺まだ過去を引きずってますって演技ってのは。

「気にしないでくれや。今日は飲みすぎたってのもあるからな。もう休ませてもらうぜ」

「おう。ゆっくり休めよ」

そんな会話をして、宿の主人と別れて部屋に戻ると、そこには自分の部屋に戻ったはずの霧華がいた。

「お邪魔していますよ」

「おう」

ま、ただのお約束みたいなものだ。

演技をして、俺たちがわざわざ会っているなんていうことがばれないためだ。

俺としては、ここまで面倒なことをしなくてもいいと思うのだが、ユキがやれと言っているし、ライヤとカースも納得しているのでやっている。

と、思ったが、実際やってよかったと思う。

「モーブさんたちも戻ってきたということは、やはり、あの連絡がきましたか」

「ああ。でも、ライヤとカースにはまだみたいだ。そうだな？」

「ユキから、とりあえずモーブを連れて戻れと連絡が来ただけだ」

「私も同じですね」

「そうですか、では、そこら辺を……」

霧華がそう続けようとすると、コールから連絡が来る。

相手はユキか。

「はい。主様。すでに集合しております。はい、はい。分かりました。皆さん、事態がかなりまずいので、主様から直接再度説明するそうです」

『よ。調子はどうだと言いたいところだが、今はそんなこと言ってる場合じゃなくなった。まずノアの魔術国の方は、タイゾウさんの尽力でかなりスムーズに事が進んだ。これはありがたいことだ』

そうだ。

それは、確かにありがたい。

さすが、ユキの同郷の人間だけはある。

難しい話はさっぱりだけどな。

『非常に協力的で、そのおかげで、ちょっと現状の認識を大幅に改めることになった。簡潔に言うと、まだ確定とするには早いかもしれないが、剣の国、ノゴーシュの所にダンジョンマスターが潜伏している可能性が非常に高いと判断した』

「その情報の信憑性はどれほどのものだ」

「そうですね。ノノアがこちらをだましている。あるいは、王都内にダンジョンがなかっただけということもあり得ます」

　おお、さすがライヤとカースだ。

　その可能性もあるな。

　だがなー、あの名前が挙がっているとなるとそうもいかないよな。

『その可能性も捨てきれはしないが、この可能性が非常に高いと判断した理由を説明する。ノノアの所にはまずダンジョンが存在していなかったこと、防衛もあってないようなものだった。ダンジョンマスターの協力者に対してこの扱いは雑すぎる。そして、ノノアのダンジョンの認識はファイデとまったく同じだったこと、意図的に情報をゆがめられて伝えられているという判断もできる。事実、こちらのダンジョンの認識を話すと、ノノアが協力的になった。となると、まだ調べを入れていないノゴーシュの所か、ゴータということになるが、ファイデやノノアの話からゴータは同盟には参加していないらしいので、まず関係性は低いと考えられる。残るは消去法で、ノゴーシュの所ということになるわけだ』

「理屈は分かった。現状から言ってその可能性が高いのも理解した」

「しかし、その程度では急を要するというほどではないのでは？」

『問題は、ノノアが教えてくれたダンジョンマスターの名前の方なんだ』

「名前？」

「協力者のダンジョンマスターの名前が分かったのですか？」

『ああ。なぜか、ビッツ・ランクスの名前が挙がった』

「「はっ⁉」」

二人とも目が点になって、顔から血の気が引いている。

そりゃそうだ。

あの我儘姫がダンジョンマスターとかタチが悪いわ。

「ちょっと待て、そんなのはあり得ないだろう」

「そうです。彼女はルナ……様が作った名簿には名前がありませんでした。つまり、彼女がダンジョンマスターであるわけが……。いや、まさかっ⁉」

『さすがカース。察しがいいな。俺の嫁さんたちと同じようにダンジョンマスターの能力を一部譲渡されて、矢面に立っているか、それともダンジョンマスターを騙《だま》して適当にのっとったかだ』

「……なるほどな。しかし、あのお姫様が一部譲渡されて矢面に立つような性格ではなさそうだが」

「私も同意見ですね。もう元のダンジョンマスターは死んでいるんじゃないでしょうか。しかし、これで緊急事態だという意味が分かりました。ここがガルツの管理範囲であり、ビッツ姫を追い落としたランクスがある。彼女にとって、恨みを晴らすにはこれ以上の場所はない。ウィードへの神々を巻き込んだ誤情報により敵視を向けさせるには理由も十分です。ユキがタイキ君と同様、異世界人と知ったのなら、一緒に追い落とそうとするはずです」

おお、なるほど。

カースの説明は分かりやすい。

我儘姫ならやりそうだなーぐらいの認識だったが、こうやってしっかり説明されると納得できる。

『理解ができたようで助かる。つまり、今そこにいるモーブ、ライヤ、カース、霧華は恨み全開の我儘姫の支配地にいる可能性があるわけだ』

「「「……」」」

おう、カースから改めて説明を受けて、ユキの宣告を受けると、なんか俺たちが断頭台に立っている気がしてきた。

背中が寒いぜ……。

『正直、安全面からは撤退してほしいんだが、そうもいかない。あのビッチ姫が正直どこまで、ダンジョンのことを知っているか分からないが、あからさまにダンジョンの町ができて呼び込みが行われているっていう情報はまったくない。つまり、秘密裏に動いているというのは簡単に予想が付く。しかし、それだと魔力がまともに集まるわけがない。ダンジョンの中に町を作るわけでもなく、冒険者の呼び込みをするわけでもない』

「ちょっと待てよ……。それだと、どうやって魔力を稼ぐんだよ」

『一応、ノノアが送ってきたコアに魔力を注いで、送り返すとかして自前でDPを得ていたようだが、そんなのじゃ、ウィードに対抗するのはほぼ不可能だ。ノノアでさえ、ポープリと互角程度の実力だからな。文字通りたかが知れている。となると、あとは……』

なんとなく想像がついた、でも、そんなことを普通やるか？

でも、俺はそんな悪夢を否定したくて、そこまで考えようとはしなかった。

『人を攫《さら》ってダンジョンに押し込めている。これはまだいい方だ。最悪、ダンジョンに連れ去って、殺害してDPに変えている可能性もある。今時、村の一つや二つがなくなるのは珍しくないからな。でだ、この話を聞いた、モーブはどうする？　おとなしく引き下がるか？』

ユキは一応聞いてみたという感じだ。

俺を心配してくれるのはありがたいが、もう答えは決まっている。

「誰が引き下がるか。ここは俺の故郷だ。何が起こっているか分からないならともかく、俺にはお前がいて、正しい状況を認識している。俺はここから動くわけにはいかねえ。守れる可能性があるなら俺は引かねえ」

はっきりとそう言う。

ユキも分かっていたのか、特に止める言葉もなく話を続ける。

『正直助かる。現在、タイキ君の方にも伝えて、ランクス一帯の村落の調査をしている。あの姫様の元領土だから、何かをやるにはこれ以上ない場所だからな。だから、いったんモーブたちも、剣の国に点在する村の確認を行ってくれ。王都の殴り込みはそのあとだ。まずは敵の戦力を把握しないといけないからな。短気は起こすなよ』

「分かってる」

『ライヤとカースはモーブに協力してもらえるなら、その補佐を頼む』

「いまさら聞くまでもない。俺たちは長い付き合いだからな」

「その通りです」

そう言って、二人は俺についてくると言ってくれる。

ありがたい。本当にありがたい。

『あとは、霧華は……』

「主様。その気遣いは無用です。といっても、主様は気に病むのでしょうから、この騒動が終わったら、手料理の一つ二つでも所望いたします」

『分かった。じゃ、しっかり働いてもらうぞ』

「はっ」

『霧華は、王都に残って、引き続き、ノゴーシュとダンジョンの情報、さらにダンジョンマスターと思われる、ビッツ・ランクスの情報を集めてくれ。なお、すでに魔術国にはこちらのダンジョンを展開してるので、スティーブたちは必要な要員を残して撤収作業を開始している。それが終わり次第、そちらに移動させる。それまでは深入りはするな。危険だと思えば即時撤退しろ』

「了解いたしました」

霧華はすぐに、外へ出て行く。

情報を集めに行ったのだろう。

「しかし、俺たちは具体的にどうする？　村を一個一個調べるのは苦労するぞ？」

「そうだな……」

『いや、お前らはこういう時に冒険者としての名声を使えよ』

「「ああ」」

なるほど。

それが手っ取り早いな。

きっと、ギルドにそういう村の噂一つ二つぐらいあるだろう。

しかし、カースだけは難しい顔をしている。

「……やっぱり私たちに囮になれということですね」

「どういうことだ？」

「……なるほど。確かに、ギルドを頼れば情報は得られるだろうが、それは誰でも考えられるということか。敵もな」

ああ、そういうことか。

『絶対ではないけどな。冒険者ギルドに警戒を払っている可能性もあるだろうさ。下手するとギルドもグルの可能性も捨てきれない。そこらへんは注意しろ。一般人より、冒険者を餌にした方が、足が付きにくいからな』

やっかいだな。

だが、俺たちが囮になった方が、まだ危険性は低いか。

ならやるしかねえ。

本物の冒険者の実力、見せてやろうじゃねえか。

第443掘：だんじょんの説明とゆうしゃとは？

Side：コメット

「あなたが、ユキ殿の協力者のダンジョンマスターですか。私は魔術神のノノアです。よろしくお願いいたします」

「あ、どうも。コメットと言います」

いやー、世の中、上手くはいかないもんだね。

こう、私の華麗なる見せ場があるかと思っていたら、ただの爆笑動画を見ていて終わってしまったよ。

なんか、ユキ君と組んでから私は研究者以外ではギャグ要員な気がしてならない。

タイゾウさんたちは、えーっと……ビッチ姫だっけ？　それが色々動いていると分かってから、私とポープリ、そしてエリス君に任せて、とっととウィードへ引き返していった。

まあ、状況が悪化してるからねー。

お互い理性ある相手だと思っていたら、ただの怨恨で動いている可能性が高く、ビッチ姫は我儘で何をしでかすか分からないと来たもんだ。

下手すると、すでにノゴーシュとかいう剣の国や恨みを買ったランクス、ガルツも被害が出ている可能性があるとかで大慌てだから仕方がない。

国の敵としては大したことはないが、人々の脅威という認識ではこれ以上のものはないだろう。

ああ、いや、国の敵としても十分脅威か。

ダンジョンマスターの力を行使しているんだから。

しかし、ウィード相手だと今までの魔力貯蓄量や技術レベルの差が凄いから相手にならないんだ。

だが、ウィード以外の国はそうはいかないから、慌ててユキ君は指示を出しているんだよね。

うん。さすが、魔王を超えた災厄《さいやく》と呼ばれるだけあるね。

「あのー、コメット殿？　何かありましたか？」

「いえ、すみません。ビッチ姫のことが気になっていまして」

「ああ、なるほど。確かに、ビッツ姫の情報を見るに、何をしでかすか分かりませんからね」

あ、ビッツね。うん、覚えたビッチ……じゃなくてビッツね。完璧。

「ま、そこは戻ったタイ……」

「タイ？」

「隊を率いるユキ殿が動いていますし、師や私は自分たちに任された仕事をすることにしましょう」

やっべー、超やっべー……。

まだ、タイゾウさんのことはユキ君って設定だった。

私としてはもうばらしてもいいと思うんだが、これでまた同盟がご破算になる可能性もあるから、間違えるなよってユキ君とヒフィーに釘刺されてるんだよね。

咄嗟のポープリのフォロー、褒めて遣わす‼

さすが、我が弟子よ‼　いや、こんなフォローとか教えた覚えないけど。

ごまかせたか？

私の運命の瀬戸際はここか⁉

「はい。どうかよろしくお願いいたします」

セーーーーフ‼

僅差でホームイン‼

9回裏、2アウト2塁からの、一打逆転のポープリのタイムリーが炸裂‼

牽制《けんせい》を受けたら危険なリードを取っていたことが功を奏し、コメット見事にホームイン‼

チームコメット鮮やかな逆転勝利です‼

「……いや、師が自分のエラーで作った危機ですからね」

「うっさい」

「はい？」

「ああ、いえ。早速仕事にかかりましょう。まずは早急に、魔術国を要塞化する必要があります」

「要塞化、ですか……。申し訳ありません。私としてはすでに十分なほど整えていると思うのですが」

いや、君はあっさりユキ君たちに城掌握されたじゃん。

まあ、この程度の文明だと、警備兵を増やすぐらいしか思いつかないから仕方ないか……。

「そこの説明もしますので、まずは、こちらへ……」

そう言って、適当に作ったといっても、多少奥深くのダンジョンへと下りていく。

無論、城の真下に即興で作ったダンジョンにだ。

タイゾウさんたちはここからすでに撤退して、私が説明と補強、そして相談役として残ったわけだ。

魔術国だからね。専門家の私たちの方がやりやすいと思ったんだろう。

「こんなところに……。確かに、ここならダンジョン特有の魔力の流れを感じます。しかし、城という空間にあると気が付かないものなのですね」

「通気口がたくさんあるのと同じ原理と、もともと城は要所に作られるので自然と土地の魔力が優秀だったりしますので、逆に気が付かれないという報告が出ていますね」

「報告というと、ユキ殿でしょうか？」

「ええ。彼ぐらいですよ。お城をダンジョン化してしまおうなどと考えるのは。もともとダンジョンとは地下という認識がある私には到底無理でした。ダンジョンの魔力吸収効率は落ちますし、見ての通り入り口はたくさんあるので、防衛にはまったく適さないんですよ」

というか、当時の私は他国との繋がりを欲していたわけでもないし、こっそり研究の都合上、お城なんてダンジョン化してたら、ただの目印になってただろうから、当時思いついても絶対ボツだったろうね。

「なるほど。確かに、私も同じ認識です。ダンジョンとは地下にあるべきものだと思っていました。防衛についても納得です。要塞化というのは、私たちの居住をダンジョンに移すことでしょうか？」

「あー、それは判断に任せます。安全面という点では高いですし、居住にはもってこいですからね。しかし、この場所は、今連れてきている護衛の方たちと宰相殿ぐらいに教える程度がいいでしょう。他に知られれば、いらぬ不安も煽《あお》りますし、ビッツ姫やノゴーシュの方に聞こえれば問題となるでしょう」

「そうですね。しかし、居住を移すことが違うというのであれば、要塞化というのはいったいどういうことでしょうか？」

「それは……、っと、着いたので、まずこちらの部屋に」

私は扉の前に置いてある大理石の柱の上に触る。

ちょうど手を置けるような高さだ。

すると、扉が自動的に開いてゆく。

「これは、個々の魔力を認識して開く仕掛け扉ですか。ギルドカードのようなものですね」

「その通りです。さすが、魔術神と言われるだけあって、理解が早い」

「いえ。理解できたとしても、これを作ることはできません。しかし、このような防衛機構は素晴らしいですね。鍵《かぎ》を盗まれたり、こじ開けられたりすることはないでしょう。安全面としては凄いものがあります」

「まあ、逆に使える人が死に絶えると絶対開かないという問題があるんですが、それはいいとして、まずはこのコアに触ってください」

私は扉の説明は適当に流して、部屋の奥にあるコアに触るようにノノア殿を促す。

「え？　あれは、このダンジョンを動かしているコアでは？　それに触るなどと……」

「いえ、特に触るだけであれば問題ありませんよ。台座から動かすのはダンジョンの機能が停止しますが」

「そんな危険性があるのなら、なおのこと触るわけには……」

「ああ、いえ。これからこのダンジョンの権限を譲渡するので、触ってもらわないと困るんですよ」

「は？」

ノノア殿の目が点になる。

普通はそうだよねー。

欲していたダンジョンをこうもあっさり譲られると言われるとそうなるよね。

しかも、今の今まで敵対関係にあったんだし。

「ああ、ご心配なく。ちゃんと権限の制限はしますよ。しかし、私たちがいないときに、何もできないのは問題です。そこで、ユキ君はノノア殿にダンジョンの権限をある程度渡して、この城を要塞化するのに必要な物資を取り寄せて配置してくれとのことです。ああ、DPはすでにそれなりに入っていますから。問題なく取り寄せはできますから」

「そ、そんな大役を任せてくださるのですか⁉」

「もともと、魔術国はノノア殿が必死に作り上げてきた国ですからね。私やユキ君が主導でやれば、色々問題が起こるのは想像できますし、これはなにより、ノノア殿を信頼してとのことですよ」

実際、こんな大袈裟でノノア殿の言うような、コアを危険にさらすような権限移譲はしなくていい。

私やユキ君がOKして、スキルによる譲渡をすればいいだけだ。

これは、今、ノノア殿が感激しているように、仰々しくして、相手の好感度を上げてやろうぜっていうユキ君の作戦だ。

本当にこういう小細工は凄いよねー。

もちろん、権限をある程度だから、最上位はユキ君、次がラビリス君、そしてお嫁さん方と私、さらに下にヒフィー、そのさらに下がノノア殿ぐらい。

つまり、監視はし放題ということ。

「ありがとうございます‼　そのご期待に応えて見せましょう‼」

「では、権限を受け取ってくれるのですね？」

「はい。喜んでお受けいたします‼」

うん。予想通り、興奮しているね。

いや、魔術に携わる者として、ダンジョンという魔力のおもちゃを手に入れるのは興奮冷めやらぬものがあるからね。

あとは、予定している神々しい大袈裟な譲渡の偽儀式を行って、ノノア殿は無事にこのダンジョンの運営権限を手に入れた。

「じゃ、まずはコールと言ってみてください」

「コール？」

とまあ、ここからはお約束の「そこ掘れわんわん」の使い方の説明と、連絡の仕方などを教える。

ここの説明もさほど躓くことなく、簡単に理解してくれた。

いやー、頭の回りが速いと教えるのも楽だねー。

ヒフィーに教えた時は何度も説明して大変だったからね。

「……で、これを使って、有効な城の強化をしてほしいってことです」

「なるほど。これなら簡単に強化ができますし、城内の監視もできます‼」

「あとは、このそこ掘れわんわんの機能を除いた、コール機能を5名まで付与できる権限もありますので、そちらの勇者殿、あとは宰相などといった信頼のおける相手に付与して即時連絡ができるようにすれば色々やりやすいでしょう」

「何から何まで、ありがとうございます‼」

「あとは、私や、ポープリ、エリス君への連絡もできますので、何かお困りごとがあれば、連絡してください」

「はい‼　本当にありがとうございます‼」

ふう。これで私のお仕事は終わりかな？

堅苦しい喋り方って疲れるよねー。

研究職にお偉方の相手とか無茶を言ってくれるよ。

……あれ？　タイゾウさんも研究職だよね？

……うん。人には得手不得手というものがあるのだよ。

そんなくだらないことを考えていると、ノノアが任命した勇者がポープリに話しかけていた。

「ポープリ殿。先ほどは申し訳ありませんでした。先ほどの無礼は、私が独断で起こしたこと。私の首を差し上げますので、どうかこれからも対等な同盟関係をお願いいたします」

そう言って、首《こうべ》を垂れていた。

あー、そういえば、この人、ポープリに蹴られて気絶していたから、あの時の話を聞いていなかったんだ。

「いえ。そのことは特に問題にはしないと、話が着いていますので、ご心配なく。あなたの護衛としての働きは称賛するべきと、私は思っておりますので」

「……ありがとうございます。しかし、あの時のあなたの動きは素晴らしかった」

「勇者殿にお褒めにいただき光栄です」

「まさに、神が遣わした天使と言えるでしょう‼」

「は、はぁ?」

「いや、貴女はダンジョンマスターという神に選ばれた人の護衛。ならば天使であるのと同義だ‼　どうか、私を導いていただきたい‼」

「ふぇっ⁉」

うわー。

あの勇者、ドM気質?

蹴られてマゾと幼女に目覚めた?

救えねー。

「と、そういえば、ノゴーシュの所には、勇者っているんですか？」

「いえ。彼は勇者を任命したりはしないでしょう」

「それはどうして？」

「彼は、剣の神ですので、前面に立たせる勇者という存在は意味がないのです。自分が出た方が効率的ですし、私のように後衛で前衛を必要としているわけではありませんから」

え？　何その脳筋。

「えーと、それは国の長としては……」

「それがノゴーシュという男です。だから、私も小細工するとは思わなかったのです。自分よりも剣の腕が上の者がいると嘯《うそぶ》かれるのもそれはそれで、剣の国の根幹に関わる問題でもありますから」

「あー、なるほど」

剣一本で神と認められたノゴーシュにとっては勇者という存在は邪魔になるわけね。

なんか、色々な意味で、タイキ君や治める国のランクスが心配になってきた。

我儘姫と、脳筋王の妬み嫉みで倍々じゃん。

第444掘：勇者と魔物？

Side：タイキ　新生ランクス国王　通称勇者王

『勇者王タイキ殿。シェーラから話は聞いた。こちらも、軍を動かして事態の把握に努めている。しかし、タイキ殿の所は、剣の国と場所が近い。下手に調査のために、兵を分散するのはよくない。こちらから、調査の部隊を送っているから、今は堪えて、防衛に力を入れてくれ。間違っても短気を起こしちゃいけないよ？』

そう、優しく諭《さと》してくれるのは、ユキさんの奥さんの一人、ウサミミロリのシェーラちゃんの兄で、ガルツの次期国王、ティークさんだ。

「……はい」

ティークさんの言っていることは正しい。

相手があのクソビッチ姫なら、こっちの嫌がることを確実にやってくるだろうし、兵を分散させて調査すれば、そこを各個撃破してくることは想像できる。

『……つらいだろうが。堪えてくれ。もうすぐ、もうすぐ、編成が終わって、ゲートでそちらに向かわせるから』

「……ありがとうございます」

『君は悪くない。誰もあの姫君がダンジョンマスターの下に逃げ込むとも思わなかったし、ダンジョンマスターの力を持つとは思わなかった。まだ、犠牲が出たと決まったわけでもない』

そう、だ。

落ち着け。

まだ、クソビッチ姫が国民に手を出したと決まったわけじゃない。

ティークさんにはマジで感謝しないといけない。

ユキさんの報告から、考えなしに捜索部隊を送り出すところだった。

だから、落ち着け。

俺が命令を発すれば、ランクスの兵士たちは動き出す。

安易な言葉は言うべきではない。ティークさんの言うように、援軍と協力して動くべきだ。

なにせ、あのクソビッチ姫はダンジョンマスターの力を手に入れた可能性があるからだ。

下手に少数で動かしても、やられてしまう可能性が高い。

「くそっ。てっきり、よその国へ逃げたと思ったのに」

クソビッチ姫の足取りが追えなくなったのは、てっきり、クソビッチ姫と友誼《ゆうぎ》を結んでいた国々へ逃げたかと思った。

適当に同情を誘うようなことを言って、匿ってもらってると、勝手に思ってた。

追い付けないのも、クソビッチ姫の実情を知らない遠い国へと逃げ込んだと思い込んでいた。

「陛下。確認のための部隊の準備が整いました。いつでも、出発できます」

「陛下。隣国への警告はできたようです。早馬で各国から返事が来ております」

そう言って部屋に入ってきたのは、俺とコンビを組んでいたルースと宰相のキーノグだ。

「ルース。現在は待機していてくれ。ガルツからの援軍と協力して、村々の確認にあたる」

「はっ!!」

「キーノグ。各国の反応はどうだった?」

「はっ。正直申しまして、どこも驚きの声と共に、防衛体制を整えると言っておりますが、ダンジョンマスターの件を伝えるわけにはいかず、怨恨で攻めてくるとしか言えないので、あまり危機感が足りないかと思われます」

キーノグの言う通り、クソビッチ姫の問題は、剣の国の王に適当に吹き込んで、こちらを攻めようとしているとしか言えない。

ダンジョンマスター云々を言うと、色々問題になりかねないからだ。

危機感が足りないというのは、剣の国はもともと、好戦的な国であったらしく、周りの国はかなり手を焼いていたらしい。

しかし、ここ40年ほどはなぜか静かになっているので、気が緩んでいるという可能性があるということ。

ダンジョンマスターの魔物使役能力と絡めて動けば、かなりの被害になることが予想できる。

幸いなのが、剣の国の隣接国には申し訳ないのだが、ランクスは一国挟《はさ》んで剣の国があるので、表だって進軍してくるのなら、とても分かりやすい。

そう、だからまずは周りの安全を確保しないといけない。確実にだ。

「しかし、陛下は思ったよりも冷静ですね」

そう考えているときに、ルースがそう呟いたのが聞こえて頭を上げる。

「そうですな。ますます王者としての風格が出て、爺は嬉しく思います。少し前の陛下なら自ら陣頭指揮をとって飛び出していたでしょうから」

そのルースのつぶやきに、俺に色々とこの世界の常識などを丁寧に教えてくれたキーノグが、嬉しそうに返事をしている。

この二人には、俺も本当にお世話になった。

ルースはこの世界での心構え、キーノグはこの世界の知識とどちらも欠かせないものだった。

「状況ぐらい把握して動くよ。昔から、そうだったろう？」

「ええ。昔も、そうでしたが、なんといいますか、昔よりは丸くなったといいましょうか……」

「そうですな。確かに、陛下は勇者として呼ばれたときから聡明でありましたが、今はより、落ち着いて物事に当たられている感じがいたします」

「あー……」

そう言われると、思い当たることはある。

「多分、ユキさんと、タイゾウさんとかから色々教えてもらったからなー」

ユキさんは言わずもがな、ぶっ飛んでいるし、タイゾウさんもアレだからな。

いや、悪い意味じゃなくていい意味で。

「確かに、ユキ殿との出会いと手ほどきは陛下にとってはいいものでした」

「そうですな。しかし、遠い血縁者であるタイゾウ殿も素晴らしいお方です。まったく、国を背負っていなければ、ぜひとも、陛下の叔父という扱いにして、我が国へ盛大に迎え入れたものを」

そうだ。

二人に出会ったおかげで、独りじゃないと思えたんだ。

こんな理不尽で、ひーひー言っているのは俺だけなのかと内心思っていたけど、同じように頑張っているユキさんやタイゾウさんがいた。

多分、そこに救われたんだと思う。

「そうだな。キーノグの言う通り、俺にとってタイゾウさんは叔父さんみたいなもんだよな。じゃあ、ユキさんは兄貴かな？」

「ははっ、それは素晴らしいですね」

「向かうところ敵なしですな」

そう言って笑いあっていると部屋にもう一人入ってきた。

「タイキ様、失礼します」

「アイリ。どうかしたかい？」

「はい。ユキ様の所から、ジョン将軍、ミノちゃん将軍が配下を連れてこちらに到着しました」

「分かったすぐに行く。ルース、一緒に来てくれ。キーノグはここを頼む」

「「はっ‼」」

「アイリはどうする？」

「私も一緒に行きます。私だってお父さんやお母さんの安否は気になるんです」

「……分かった」

アイリの親父さんと母親はいまだに地方の町で宿屋を営んでいる。

もちろん、最初は王城へ来ないかと提案したのだけれど、あっさり断られた。

『ここは俺の城よ‼ それを手放せるか。だからよ。タイキ、娘を頼むぜ？ あと、この宿の宣伝でもしてくれ』

っていう感じで、護衛の兵士を送るぐらいしかできていないので、結構安否が心配されている。

あの、クソビッチ姫には、いい人質になるだろうからな。

一応、二人の安否の確認には向かわせているけど、アイリもじっとしていられないのだろう。

ジョンやミノちゃんなら、結構簡単に情報仕入れてきそうだし。

しかし、ユキさんが援軍を送るとは言ってたけど、まさか、あの二人がくるとはなー。

ジョンとミノちゃんと言えば、ユキさんの直属の部下で、実力はとびぬけている。

正直な話、俺と互角レベル。銃器使われたら勝ち目ない。

ファンタジーの定番のモンスターの癖に、ユキさんの奥さんたちよりも、現代日本の会話についてこられるというオマケつき。

正直な話、よく話し相手や遊び相手をしてもらっている。

簡単に言うと、オタク談義とか、ゲーム対戦とか。

あ、うん。これ必要なことだわ。

俺が丸くなった原因はこの4人にも絶対あると思う。

スラきちさんに格ゲーで十連コンボとかされたときは、ダイレクトアタックしてケンカになったしな。

無論、俺が負けた。ゲームも現実も。

だって仕方ないじゃん？　コンボ食らうとストレスたまるし？　まさか、スライムに十連コンボとか即死くらうとは思わないじゃん？

いや、仲直りはしたけど、もうスラきちさんと格ゲーはしない。

もっとも、○鉄とかド○ポンとかマリ○パーティーは、リアルファイトによくなるけどな。

そんなことを考えていると、地下にある流通ゲート区画から、ぞろぞろとジョンとミノちゃんが部隊を率いて出てきていた。

「おーい」

俺が声をかけると、二人はこちらに気が付いたのか、部下に指揮を任せて、こちらにやってくる。

「勇者王。ユキ大将の命令でジョン部隊は今からそちらの指揮下に入る」

「同じく、あんちゃんの命令で、ミノちゃん部隊はタイキ君の指揮下に入るべ」

「ありがとう。じゃ、さっそくこっちへ。俺とルース、アイリを交えて色々話したい」

悲しいかな、二人とのんびり話している暇もなければ、ゲームをしている暇もない。

はぁ、クソビッチ姫め、今度こそひっとらえて、尻叩き100回したあと、強制労働に押し込んでやるわ‼

お前の高飛車で我儘な性格には、死刑よりもこういう扱いの方が堪えるだろうからな‼

ユキさんのやり方を間近で見てきた成果よ‼

「……なるほど。ガルツからの援軍を待ってそれから確認に行くってことか」

「それがいいと思うべ。下手に動いても、ダンジョンマスターの力をふるわれて壊滅するのが分かりきってるべ」

「しかし、ジョン殿、ミノちゃん殿。ダンジョンマスターの能力をもってすれば、数をそろえても意味がないのでは？　大きな落とし穴とかに落とされてしまったりは？」

ルースの言う通り、そういう絡め手に大軍は弱い。

普通なら、そんなことができるわけないのだが、ダンジョンマスターの地形変更能力があれば不可能じゃない。

「そこで俺らが援軍で来たわけよ。ほれ、タイキ」

ジョンはそう言って、あるものをこちらに放ってよこした。

「おっとっと。これコアだよな？」

「そうだ」

「んだべ。それには、ランクス程度の領地ぐらい地上げできるDPが入っているべ。だから……」

「ああ、なるほど。そこで地上げできないところが敵のダンジョン支配下ってことになるのですね」

「そういうこと。今回は放って置くと被害甚大になりそうだし、DPの使用量はかなり予算が下りているから、大丈夫だ」

「これで、すぐに村の安否も分かるべ。ランクスはあのお姫様が色々するだろうから、大至急ってことだべよ。まあ、タイキ君の所だから、できるってことだどもな」

信頼してくれているってことだよな。

ユキさん感謝するよ。

「あ、あと、これ。俺たちの装備品な」

「ん。どれどっ……」

ジョンから渡された資料を見て固まった。

「どうしたのですか？　何か問題でも陛下？　えーっとこれです……」

ルースも固まった。

当然だ。

最初から、銃器装備で、ロケラン、対空砲など、果ては戦車や地対空ミサイル配備車両まであった。

ルースも俺の知り合いということで、現代兵器群の性能は把握しているから固まっている。

これは……オーバーキルじゃね？

そんな思いを乗せてジョンを見るのだが、どこ吹く風で……。

「いや、下手すると、大軍が四方八方から来るかもしれない状況だぞ？　一人当たりの殲滅《せんめつ》能力を上げるべきだろう」

「あー、うん。そうだな」

「そう、ですね……」

確かに言っていることは正しい。

しかし、これを実際使うことになると、その一帯が素敵に耕されそうなんですけど……。

クソビッチ姫、間違ってもやけ起こすなよ。

というか、ことを起こす前に捕まえてやるわ‼

だってそうしないと、ランクスの領地で兵器実地演習をされてしまう‼

第445掘：我儘姫　今までと始まり

Side：ビッツ・ランクス　ビッツねビッチじゃなく

「ふふふ……」

思わず、笑いがこみあげてしまいます。

ようやく、ようやくこの時が来たのですから。

……長かったですわ。

クソ勇者タイキから国を追われて、早3年近く。

あの、屈辱を晴らす時が来ましたわ。

まずは、私を見捨てたランクスなどという国と恩知らずのタイキを血祭りにあげて、世界に対して、声高々と宣言いたしましょう。

「この私、勇者を呼び出した、聖なる姫君を粗略に扱った、国々への宣戦布告という恐怖を届け、真なる正義を謳《うた》いましょう‼」

タイキへ協力した属国の愚か者ども、支援を打ち切ったガルツの能無しども、そしてぇー、神々に敵対する大悪であるウィードの異世界人ユキ‼

他の愚か者どもは騙せても、私の心眼はごまかせない。

あのウィードはどう見ても、上級神の力を借りてやっているのは明々白々。

そのような蛮行も、ダンジョンマスターの力を引き継いだ私にかかれば簡単に見破れるのです。

「待て、ビッツ。そんないきなり魔物に蹂躙《じゅうりん》されたなどおかしく思われないか？」

そんなことを言って、私のいい気分を邪魔するのは、私の協力者であり、神であるノゴーシュ様。

彼は確かに剣の腕前は神の領域にあり、私の恋人の騎士とは比べ物にならないが、いかんせん頭が足りていません。

「大丈夫ですわ。ランクスは不幸な災害で亡ぶのです。偶然、国内にダンジョンが開き、そこから無数の魔物が溢れ出る大氾濫によって。そこから、私たちが裏にいるなどと思わないでしょう。というか、ウィードの悪行と思われるでしょうね。あちらは名が売れていますから」

「……なるほど。それなら、確かに。しかし、このようなことをしてよいものか？」

「あら、闇討ちなどではありませんわ。これはお返しです。私を追いやったランクスとタイキに対して。礼には礼を、拳には拳を、剣には剣をですわ」

「うむぅ」

そんなことで悩むからいまだに小国なのよ。

力はあれど、それが国を治めるのに適しているかというと違うという分かりやすい証明ですわね。

本来ならば罵倒するところですが、彼の剣の腕では、私が呼び出せる最上級の魔物でさえ、簡単に両断されてしまいます。

倒すのであれば、さらにランクが上の魔物を複数体でやっとというところでしょう。

なので、今は適当に説明してごまかさなければいけません。

「仕方ないのですわ。すでにランクスの背後にはユキという大悪人が付いています。彼者は上級神をたぶらかし、食い物にしています。それを食い止めるためには、軍備を整える必要がありますわ。そこで、まずは対抗するために周辺国に悪へ加担した罰として、魔物による誅殺《ちゆうさつ》をすすめ、DPを得るのですわ。逃げ込んできた民は篤く保護すれば信仰もさらに集まりますし、一石二鳥ですわ。それに……」

「それに？」

「ノゴーシュ様の所望していた、カタナ？　という最上級の逸品も次のランクス攻めで手に入れられるでしょう」

「本当か‼」

「ええ。これがあれば、さらなる高みを目指せるのでしょう？」

「ああ‼　これで、二度とあんな奴に負けることはない‼　カミイズミノブツナめ、覚悟しておけ‼」

ふう、何とかごまかせたようですわね。

しかし、ノゴーシュ様が言うカミイズミノブッツナという人物ですが、30年ほど前に、ノゴーシュ様をカタナという武器で理不尽に叩きのめしたとか。

そのような、得体のしれない者もいるのです。

今はまだ、この手駒を手放すには早いので、適当に飼い殺しにするのがいいわ。

「では、私は準備があるので、失礼いたしますわ」

「ああ。十分に気をつけてな。戦場では何が起こるか分からん」

「ええ。ご忠告ありがとう存じます」

私はそう言って、ノゴーシュ様と別れた。私のダンジョンへと戻ると、恋人のレイが迎えてくれた。

「おお、お帰り」

「ただいま戻りましたわ。これでようやくランクスを取り戻すことができます」

「それはよかった。でも、私が剣を振るうことはまだなさそうだ」

「あなたはすでにランクスの継承者。剣を振るう時は簒奪者《さんだつ》タイキの首をはねるときですわ」

「そうか、王自ら先頭に立つのはそのときか」

「ええ。そのために、このようなダンジョンを得ることができたのでしょう。神が正義を成せと」

「そうだな。私たちの命運が尽きていなかったのは、神がまだ生きろと仰ったからに違いない」

そう、これこそ神のお導き。

あの日、城を追われ、あてもなく逃げていた時に、ぽっかりと口を開ける、洞窟《どうくつ》を見つけた。

そこにとりあえず逃げこんだときは、まさかそこがダンジョンだとは思わなかった。

数日、屈辱にまみれた生活をダンジョンの入り口近くでしていた私たちはふいに、ダンジョンの奥から来たゴーレムに声をかけられました。

岩で構成された魔法生物のストーンゴーレム。

これを倒すのは至難の業ですわ。

普通は攻城兵器などを使って倒す魔物で、何も持たず逃亡していた私たちにとって倒せる相手ではありません。

ですが、その相手が声をかけてくるので、話し合いの余地は残っていると判断して、このまま殺されるよりは、その話に乗ってみたのです。

そして、話を聞くうちに、ここはダンジョンだということ、話している相手はダンジョンマスターだということが分かりました。

天災ともいわれるダンジョンマスターとの邂逅に、当時はびくびくしていたのですが、なぜか彼はゴーレムを通じて、部屋の用意や食料などの物資を用意してくれ、いつしか敵意というものがなくなっていた。

そして、私が女だからでしょう。私だけという条件で、本物の彼、つまりダンジョンマスターと話す機会を得ました。

レイは行く必要はないと言っていましたが、これを断れば、ダンジョンから追い出される心配もあったので、半ば強制ともとれました。

私としても、何としても今の住処を失いたくはなかったのです。

そんな決死の思いで、そのダンジョンマスターに面会してみれば、今までのお礼と言って、ダンジョンの使い方と、剣の国にいるノゴーシュ様を頼るといいという話をして、ダンジョンを去っていきました。

本人はそろそろ、普通の人に戻りたかったらしく、ダンジョンを運営する使命に疲れたと言っていました。

確かに、何百年も世界の魔力枯渇のために働くのはきつく、彼も、二百年ほど前に先代から譲り受けたのだとか。

ですが、これは私にとって存外な幸運だった。

これで、私はダンジョンマスターという力を手に入れたのです。

そして、それから去っていった彼の言葉通り、ノゴーシュ様と連絡をとり、協力を取り付け、ノゴーシュ様と同じ神である魔術の国の長、ノノア様とも協力を取り付けることに成功したのです。

これも幸運だったと言えるでしょう。

なにせウィードを作ったのは、なんと憎いタイキと同じ異世界人だというではありませんか。

なので、存分にダンジョンと上級神との縁故を悪用していると説明したら、お二人とも快く協力してくれましたわ。

正に、私が世界を導けと言わんばかりに。

それからは地道に、ウィードに協力することなく、力を蓄える日々でしたが、ついにこの日がやってきたのです。

ランクスを壊滅させるだけの十分な戦力が整いました。

これで、一気にことが運べます。

まずは私を追いやったランクスとタイキを血祭りにあげ、そのあとは周辺国。

そのすべての元凶であるウィードに罪を押し付け、ノゴーシュ様とノノア様による同盟宣言をしてもらい、私のダンジョンマスターの力ですべての敵を飲み込むのです‼

そして機が熟せば、無能な神々にも退場してもらい……。

そう、世界は私の力によって初の統一を成すのです。

まあ、無辜の民を虐殺してDPを得るのは多少胸が痛みますが、ウィードがある限り大量の無辜の民の命が奪われていることに変わりありません。

ならば、私の統一のために命を投げ出させる方が、彼らのためでもあります。元より、民とは王のためにあるのですから当然と言えましょう。

「どうかしたかい？」

「あ、いえ。今までのことを振り返っていました。これでようやく始まるのかと」

「ああ、今思うと長かった。頼むぞ、未来の世界の女王よ」

「ええ。お任せください。未来の世界の国王陛下。見事、私が初戦を勝利で飾ってみせましょう」

私はそう言って、目の前にずらりと並ぶ、凶悪な魔物たちを見つめます。

ブラッドミノタウロスから、オークキング、リッチなど、冒険者ギルドの強者でも苦戦必死の魔物が目の前に千五百体。

これを止めることは、異世界の勇者であるタイキでも不可能でしょう。

ノゴーシュ様でもこれに一斉に襲い掛かられては逃げるしかないと仰っていましたし、ランクスの兵は強いとはいえ、ここまではありませんし、簒奪者などに与《くみ》する兵などいりません。

これからは、私の言うことを忠実に聞く魔物たちだけでよいですわ。

「進行ルートは予定通りにいくのか？」

「ええ。さすがに強いとはいえ、バラバラになれば、タイキが各個撃破で奮戦してしまうでしょうし、ダンジョンを広げすぎては、ＤＰを大量に使用してしまい回収もままなりません。ノゴーシュ様が言ったように、一か所から一気に王都を攻め落とすとします。そうすればダンジョンの拡張も一か所で済みます。あとは、タイキの狼狽《ろうばい》する顔が楽しみですわ。民を第一になどと言っていた愚か者の目の前でその民たちの首を刎《は》ねてあげましょう」

「ふふ。それはいい。あの貴族の何たるかを分かっていない小僧にはちょうどいい」

唯一不便なのは、ダンジョンを拡張しながら進軍しなければいけないことですが、ある意味補給もDPもたやすく得られるので、一石二鳥でしょう。

新しくダンジョンをその場で構築とかできればよいのですが、そんなことはできませんし、私がわざわざ出向くのも危険がありますから、できたとしても、よほどじゃない限りしないでしょう。

「さあ、ランクスへと進軍なさい‼」

「「「GGOAAAAA……」」」

そんな雄たけびと共に、ランクス方面へと延ばした、地下の道を進んでいきます。

あと、3日もすれば、ランクスは血の海に沈み、誰もかれもが、私に命乞いするでしょう。

ですが、私は王族として、反逆者を生かしておくわけにはいきません。

すべての首を切ってDPに替えた後、他の所から民を連れてきて、ランクスを再興しましょう。

民なんて、勝手に増えてくるものですからね。

それを使って、世界の王が住む都として、素晴らしいものを作りましょう。

このダンジョンマスターの力があれば、無敵の軍が作れるのですから。

そして、上級神が与えてくださった世界の救済。

この、ビッツ・ランクスがなしてみせましょう。

「これこそ、私の本当の始まりですわ」

第446掘：平穏な時間は破られる

Ｓｉｄｅ：ミノちゃん　ウィード魔物軍四天王将軍　通称優しいミノちゃん

『定時報告。異常なし』

そんな報告が今日も今日とて届いて、それをタイキ君に届けにいくべ。

なんか慌てて防衛に尽力したべが、特にこの3日は何か起こることもなく、平和に過ぎ去っていったべ。

あれから、半日後には、ガルツの方からも、シェーラのお姉さんとお弟さんのローエルさんとヒギルさんも到着して、防衛の話し合いも済んで、ローテーションで防衛にあたっているべ。

ああ、それに、あんちゃんやタイキ君が懸念していた村々へ襲撃があったという報告はなかったべ。

無論、アイリさんのご両親も無事の確認がダンジョンの機能ですぐに取れたべよ。

本当によかったべよ。

ここまで動きがないとなると、問題は剣の国の方だべな。

モーブさんたちゃ、霧華も無事だべかなー？

いや、あんちゃんから報告がないから無事なんだろうけど。心配なもんは心配だべ。

そんなことを考えながら、ランクス城の廊下を歩いていると、ふいに声をかけられる。

「お、ミノちゃんじゃないか」

「どうも。ミノ将軍」

声の先にはローエルさんとヒギルさんがいた。

「どうも」

二人に軽く頭を下げて、挨拶を返す。

「なあ、ミノちゃん。暇ならこれから訓練に付き合ってくれないか？」

突然そんなことを言い出すのは、ローエルさんだ。

相変わらず、バトルが好きだべ。

ウィードとのゲート流通が開始してからは、打ち合わせと称して、セラリア姉さんとか、デリーユ姉さんとかと勝負をしているべ。

無論、おいらたちも巻き込まれるべ。

「今日こそは一本取ってみせるぞ‼」

やっかいなことに、ローエルさんもそれなりの実力者なので、おいらたちが手抜きすると分かるみたいで、怒るべ。

こういうところはセラリア姉さんとそっくりだべ。さすが友人、類は友を呼ぶと言ったところだべかな。

「……はぁー。姉さん。こっちに来てから毎回言っていますけど、今は非常事態です。個人の訓練ならともかく、お互い軍の統括である将軍同士が気軽に剣を打ち合わせてはいけません。士気に関わりますし、疲れてしまっていたり、怪我などしてしまえば、いざ動くという時に問題が出ます。シェーラからもきつく言われているでしょう」

「むっ。しかしだ、ここ一年。セラリアやデリーユは子育てで碌《ろく》に相手をしてくれないのだ。それでは腕がなまってしまうし、怪我などするつもりはない。しても、ミノちゃんたちが治してくれるだろう？」

「まあ、怪我したら治すべ」

今怪我をしてもらうと、非常に困るべ。

というか、ローエルさんを戦死とかは絶対させられないから、そういう回復アイテムの使用は数に限りはあるが、10度ぐらい死にかけても復活できるぐらい余裕はあるべ。

まあ、使用したら報告書と始末書ものだから、絶対使いたくないべ。

「ほら」

「ほら。じゃないですよ。セラリア女王やデリーユ様も子供を得て母としての仕事を全うしているのです。当然のことですよ。あと、ウィードに治療を頼むなど、こちらの落ち度になるでしょうが!!　シャール姉さんの雷がまた落ちますよ。前に、勝手にナールジアさんに新型の盾を依頼して、目玉が飛び出るぐらいの請求されて、シャール姉さんに怒られたのを忘れましたか？」

あー、なんかそんなことあったべな。

なんか、ナールジアさんがローエルさんの依頼を受けて、調子に乗って、ガルツの国宝の盾を軽く超える性能の盾を作っちまったべよ。

性能的には、リーアちゃんの初代勇者の盾の強化版で、魔剣、聖剣のシステムを利用した、コアからの魔力供給を使って、多重障壁と自身の回復、ステータスの底上げと、まあぶっちゃけ、チート盾だべ。

それを作ったけど、売っていいですかー？　って聞いてきて、あんちゃんとかが悩んでいたべ。

今となっては、ナールジアさん、ザーギス、コメットさん、タイゾウさんの技術力のおかげで、ローエルさんに売った盾なんて、木っ端《こっぱ》物だべなのだが、あくまでもこういうチート装備はあんちゃんの身内のみだけの使用と決めていたべ。

最初は、別のモノを用意するとか話が挙がっただども、結局はローエルさんの人柄を信じたセラリア姉さん、デリーユ姉さんの後押しがあって売ることにした。

支払いは、シェーラちゃんを通じて、貿易を担っているシャールさんと相談して決めようとなったべ。

そして、シャールさんはその盾に対して、法外とも言うべき支払いを決めたべ。

ローエルさんのポケットマネーと給与で。

曰く、あの馬鹿姉の考えなしを正すいい機会ですので、気にしないでください。とのこと。

「あぐっ……。あいつめ、いまだに私の給料を差っ引くんだぞ……。ウィードでごはんを食べるのにも困るぐらい……」

「……普通は、外交バランスを崩したとか、諸々の罪に問われて、処刑ですからね？　あと、いつの間にウィードで食事を……。連れて行ってくださいよ。というか、どこからお金出してるんですか」

「ん。なら今度から一緒に行くか？　あとお金はもちろん私は持ってないからな、ミノちゃんとか、ジョンとか、色々だな」

「は？　本当ですか？」

ヒギルさんは、ギギギと首をぎこちなく動かしながらこちらを見て聞いてきた。

特に隠す必要はないので、言うことにするべ。

「本当だべ。ウィードに訓練に来た後とか、そのままご飯を食べて帰るべよ。お客さんだし、お金のこととかは気にしなくていいべよ。おらたちは、あんまりお金を使うことはないからな」

「ミノちゃんは優しいんだぞ。ヒギル」

「そんなことは知っていますよ‼　あーもう、この馬鹿姉が‼　よその国の将軍に毎回飯代をせびっていたとか馬鹿ですか‼　ああ、そうでしたね馬鹿姉でしたね‼」

「な、何をそんなに怒っているんだ？　あ、あとそんなにバカバカ言うな‼　私だって怒るぞ‼」

「馬鹿に馬鹿と言って何が悪いですか‼　あーもう、いったん、ガルツに戻りますよ‼　シャール姉さんやティーク兄さんに絞ってもらわないといけませんから」

「は⁉　なんで兄上やシャールのことが出てくる⁉　今は緊急事態だぞ‼」

「馬鹿姉‼　あんたのしてきたことの方が緊急事態だよ‼　こんな時にまたウィードへの多大な借りができているのが判明するとか……、もう独房に入っていた方がいいんじゃないですか⁈」

　そんなことを魂が出そうなため息とともに言いながら、ローエルさんの耳を引っ張って、ゲートがある方へと歩いてく。

「い、いたい⁉　ヒギルやめないか‼」

「黙ってついてきてください。この状態でついてくれれば多少は減刑の可能性も……。あ、ミノ将軍。貴重な情報をありがとう存じます。ランクス防衛の押し付けと、その他諸々のお詫びは後日改めて伺います。部下の方には、ミノ将軍の指示に従うよう命令を出しておきますので、どうか、いったん部下を預かっていただきたい」

「あ、うん。分かったべ。一応、おらも、ジョンたちも気にしていないから、穏便に頼むべよ」

「はい。ご配慮、本当に感謝いたします。これで馬鹿姉の減刑も多少はかなうでしょう」

「ま、まてっ!! 話を……。シャールにこれ以上な……」

そんなことを言いながら廊下の奥へ消えていく姉と弟。

世の中、そうそう上手くはいかないもんだべな。

「と、いけないべ。おらは、タイキ君に報告しないと」

あの漫才を見て頭の中から予定が吹き飛ぶところだったべ。

おいらも任務中だから、ローエルさんのようにならないとは限らないべ。

アレを戒めとするべよ。

「あ、ミノちゃん。お疲れ様」

「おつかれさまだべ」

執務室の方に到着すると、タイキ君はいつものように政務の片付けをしながら、コール画面を開いている。

あれはおそらく、ランクスの国土を眺めているんだろうなー。

この前渡したDPを使って掌握したんだと思うべ。

ま、これは国家機密だし、おらとしてもまじまじ見る理由はないべ。

「はい。お茶です。ミノちゃん将軍は定時報告ですか?」

「あ、ども。はい。アイリさんの言う通り、定時報告だべ」

「こっちのモニターには異常はないけど、ミノちゃんの見張りは？」

「肉眼でも問題なしだべ」

「そっか。今日も今日とて平和でよかった。で、済めばいいけど、なんというか焦れるな」

「だべな」

おらは出されたお茶を啜りながら、タイキ君の言葉に同意する。

「調べた結果、どこもまだ手付かずだというのは、いい結果だと思う。けど、何も動きが分からないのが不気味すぎる」

「そのお姫様の体制が整っていなかったと考えるべきだべだが、いつ動くのかも分からないから、こっちは警戒しっぱなしだべだからな。こんな状況をずっと兵が維持できるわけないべ」

緊張感と仕事に対する姿勢はどうしても慣れによる弛緩が出てくるし、逆にそれを保てても、兵はいつもより簡単に疲弊するようになる。

先が見えない戦いってのも大変だべ。

いまだ、どこに敵のダンジョンがあるか把握できていないからだべ。

「うーん。こっちからは動くわけにはいかないし。剣の国に乗り込んでいる、モーブさんたちと霧華さんの頑張りに期待するしかないねー」

「だべなー。あ、そういえば聞いたべか？　向こうでは何かずいぶんと冒険者が消えているって報告があるべ」

「ああ、聞きました。たぶん、そっちがメインだったから、他国に手出しはしてなかったみたいですね」

実は剣の国の潜伏メンバーは妙な情報をつかんでいた。

冒険者が剣の国の周辺で行方不明になることが多発しているらしいべ。

まあ、冒険者が行方不明なんてよくあることだから、特に注視している様子ではないらしいだべが、ここ数年で高ランクの冒険者も3組ほど消えているから、巷《ちまた》では強力な魔物でも出たのではないかという噂もあるべ。

だが、おらたちはピンと来たわけだべ。

これは餌になっているって、ウィードのメンバーは全会一致だったべ。

で、現在はどこで冒険者たちが消えたのか、調べている最中。

下手すると、ギルドとノゴーシュがグルの可能性もあるから、慎重に調べているべ。

「まあ、ゆっくりなおかげで、国土をしっかり確認できたわけだけど……」

「何か、使えそうな土地があったべか？」

「いや、盗賊の根城みたいな場所を発見できたから、後日討伐だなって。無論、使えそうな土地もあったよ。いやー、コールって便利だよなー」

「ま、気に入ってもらえてよかったべよ」

そんなふうに雑談をして、そろそろ配置に戻ろうとしていると、ジョンから連絡が来た。

「どうしたべ？」

『剣の国方角の、森から大量の魔物が押し寄せているのを目視で確認しました。至急、勇者王に連絡を取られたし。繰り返す、森から……』

くしくも、その声はダイレクトにタイキ君に届いていて……。

「確認した。数は約千五百。どこから出てきた？　奥の方へダンジョンを広げるか……って、あれ？　他所属のダンジョンマスターの管理地なので、攻略しないと広げられません⁉　この前はなかったぞ‼」

「となると、お姫様が攻めてきたってところだべな。人の姿は確認できるべ？」

「いや……、侵攻部隊には人は確認できない」

「うーん。ＤＰに替えるつもりだったのか、それともこっちの殲滅が目的だったのかは判別つかないべな。まあ、タイキ君はあんちゃんへ報告を」

「分かりました。ミノちゃんはどうします？」

「えーと、後方10キロの位置にダンジョンの出口設置をお願いするべ。ゲートも設置して、おいらたちが移動後に撤去、戦闘終了後、おいらたちが残存していれば、再度ゲートを設置して回収お願いするべ」

「了解。予定通りですね。……すぐ事情を話して戻ってきます。防衛、よろしくお願いします」

「ジョンが現場にいるみたいだし、何とかなるべよ」

おらはそう言って、執務室を出る。

さーて、敵は千五百かー。

部下たちの装備は敵の種類で選定しないといけないべな。

忙しくなるべ。

第447掘：闇夜の情報戦

Side：ジョン　ウィード魔物軍四天王将軍　通称農園のジョン

「剣の国方角の、森から大量の魔物が押し寄せているのを目視で確認。至急、勇者王に連絡を取られたし。繰り返す、森から……」

てな報告を上げたのが、つい数秒前。

後の必要なことは、ミノちゃんやタイキ、そして、大将が勝手にやるだろう。

現場にいる俺たちが必要なのは、まずは偵察《ていさつ》。

「よし、お前ら。幸い、ミノちゃんみたく体が馬鹿でかいわけじゃない。敵の構成をしっかり把握するぞ。勇者タイキもコールで確認するだろうが、報告された数と違いがないか目視で確認するのも重要だ」

俺がそう言うと、部下は全員頷く。

「次に第三小隊、哨戒116は、後方10キロ地点の予定ポイントを確保。計画の変更は来ていないから、その地点から、防御陣の構築を開始する。第三小隊は、構築開始を見届けたのち、こちらに再度合流して、俺たちの後退戦闘を支援。いいな」

「了解」

「残りは、俺と一緒に敵軍の把握に努めるぞ。こっそりでいいからな？　わざわざ見つかる必要はない。防御陣の構築速度によっては、俺たちだけで足止めをすることになる。その覚悟はしておけ。いいな」

「「了解」」

うし、特に部下に問題はなし。

さーて……。

「こちら、哨戒114。只今の時刻、23：35。哨戒115、116と合流。予定通り、敵の監視と防御陣の構築ポイント確保に移る」

『了解だべ』

というものの、特に様子を見るだけで、今は仕掛けることはないんだけどな。

掘った塹壕《ざんごう》からこっそり、敵の様子をうかがう部下を見ながら、手持ちの武装の確認を行う。

アサルトライフルが一丁、その弾倉が4つ、アサルトライフルから撃てるグレネードが4つ、手榴弾が4つ、ハンドガンが一丁、弾倉が2つと……。

整備不良はなさそうだな。

まあ、アイテムボックスに携行ロケットランチャーとかもあるし、武装の不足はなさそうだな。

……ナールジアさんの武器とかもあるのだが、あれ使うと近接戦になるからなるべく使いたくないんだよなー。

この人数で乱戦とか自殺行為だし。

しかし、俺の哨戒隊が敵を発見するとか、どういう確率だろうな？

あー、きゅうり食べておこう。

やる気補充。

たく、面倒なことしやがって、今頃は明日の畑の収穫をワクワクして布団で寝ているはずだったのにな。

「敵の構成、主力、オークキング。そのまとめらしきものにブラッドミノタウロス。そして、さらに後方にリッチの魔術師部隊が確認できます。しかし、どこが本陣か、リーダーかは判断できませんでした」

「こちらも同じです。敵の大半をオークキングが占めており数はおよそ1000、一定の間隔で立つブラッドミノタウロスが200ほど。そして後方に魔術師部隊のリッチが約300。しかし、目立った将や魔物はおらず、本陣も見受けられません」

部下からの報告が上がり、とりあえず、俺も敵の偵察を行う。

塹壕からほんの少しだけ顔を出し、暗視ゴーグルを覗く。

本日は雲が出ていて、ほぼ真っ暗。

おかげで、レンズ反射とか気にしなくていいから助かる。

……敵は森の前から動いていないな。

なんでだ？

うーん、まあそれを考えるのは俺の仕事じゃねーな。

さて、俺も敵の構成を把握っと……。

まずは、目に飛び込んでくるのは、ズラーっと並ぶ、俺の同族たち。

しかしながら、俺らみたいに教育されているわけではなさそうなので、命令だけを聞く人形みたいなもんだな。

ある意味厄介だな。

命令を確実にこなす死兵になるってことだ。

次に、そのオークキングをまとめるように、ぽつぽつと赤い柱が立っている。

それが、ミノちゃんの同族のブラッドミノタウロスたちだ。

こっちも似たようなものか。

しかし、小隊長として立てているのなら、多少は自我みたいなものはあるのかね？

これは要報告だなー。

そして、最後に一番厄介そうなのが、リッチの集団か。

部下の言うように、ここまで数をそろえているなら魔術師部隊と判断するんだが、本来リッチはそれなりの知能を持っていて、魔物の指揮もある程度とれるほどだ。

それをさせずに、一部隊として扱っているとか、よく分からん。

ランクスを攻めるのはさすがに力押しだけではダメだろう。

それとも、リッチの群れの中に、もう少し別の奴がいたりするのか？

そう思って、リッチの群れを拡大して凝視してみるが、３００ほどもいるので、よく分からん。

暗視スコープだし色も分からんからな。上位種が混じってるかとか判断がつかない。

あいつらの上位種は分かりやすく色づいた魔力をまとっているから。

ほら、おどろおどろしいというか、そんな感じ。

リッチの部下に話を聞けば、顔つきが全然違うらしいが、俺には同じ髑髏《どくろ》にしか見えん。

というか、そういうのは個体差じゃないかね？

そんなことを考えつつ、とりあえず、リッチの面、髑髏を一つ一つ眺めてみるが、さっぱり分からん。

武装については、火器は見当たらず、剣や槍《やり》、斧、弓って感じか。

リッチの使用魔術は今は判別つかず。

鑑定をかけたいが、距離がありすぎる。

まあ、そこらへんはタイキの支配下だし、あっちが調べる方が楽だよな。

結局のところ、下手に刺激するのはよろしくないってことだ。

とりあえず、見るものは見たので塹壕に引っ込む。

すると、

「どうします？　森側に回り込んでみますか？」

「それはやめとこう。森の方は支配下ではないし、あっちの真下にダンジョンがある確率もある。今はタイキやミノちゃん、大将の情報分析待ちだな。あ、武装点検は終わってるか？」

「もちろんですよ。いざって時に動かないのは困りますからね」

「それならいい。しかし、今夜は長くなりそうだな」

「そうですねー」

部下と一緒に空を見上げるが、曇っていて真っ暗。

風情も何もありはしない。

『こちら、指令室。哨戒114聞こえますか？』

この声は、エリスの姐さんだな。

となると、大将からの情報か。

「哨戒114感度良好。聞こえている」

『それは何よりです。現状況の確認と説明を行いたいのですが、大丈夫でしょうか？』

「問題なし。敵に気が付かれた様子はなし。距離も十分にとっている」

『分かりました。では、まず現状の確認を行います。勇者タイキ殿からの情報をこちらに転送、解析した結果、主戦力をオークキング、レベルはおよそ100、数が約1000。続いて小隊長格のブラッドミノタウロス、レベルはおよそ200、数が約200。さらに魔術師部隊と思われるリッチ、レベルはおよそ150、数が約300、とこちらは判断しています。そちらの目視はどうでしょうか？』

「こちらもそちらと同じだ。しかし、隊長、将軍格がそちらでも見つかってないのか？」

『はい。残念ながら、隊長、将軍と思わしき特化した個体は見つかっていません』

やっぱりいないのか、変な話だ。

後で来るのかね？

「そういえば敵部隊は、森を出た時点で止まっている。そこのところはどう判断している？」

『はい。そちらの説明を行います。あくまでも予想ですが、タイキ殿の所で森の方もダンジョン化のための地上げを行おうとしたところ、他勢力下のダンジョンがあるので、制圧をしてくださいと出ました』

ははぁー、なるほどね。

『つまり、あちら側も私たちと同様で、状況把握に努めているものだと思います』

一気に侵攻するつもりが、いきなり出鼻をくじかれたってわけか。

『これからどう動くのかは不明ですが、この方角はランクスの王都まで何も障害物が存在しません。おそらくは、王都を強襲し、一気にランクスを落とすつもりだったとの見解がなされています。ある意味、ギリギリの差だったと言えるでしょう。二人がタイキ殿に接触するのがあと3日遅ければ、王都は強襲を受けていたはずです』

「それはよかった」

『はい。不幸中の幸いと言うべきでしょう。ということで、現状はお互い不測の事態に陥っていると考えられています』

「で、相手さんはどう動く？」

『おそらくは、攻めてきます。今回のランクスの王都強襲はビッツ姫にとってはある種の悲願でもあり、恨みを晴らすためのものです。DPを回収するためでもあったでしょうが、ここまでの大部隊を動かしておいて、撤退する度量があるとは思えません。むしろ、故郷がダンジョン化されているという事態に腹を立てて、攻めあがってくると予想しています』

自分もよその土地をダンジョン化してるのに、何を言ってるんだか。

まあ、ああいう手合いには理屈は通用しねぇよな。

あ、これはあくまでも予想で、ビッツ姫が言ってるわけじゃない。しかし、なんかそのままな気がするわ。

「撤退の可能性は？」

『予測としては撤退の可能性も存在します。むしろ、このような不測の事態では通常であれば退《ひ》くのが当たり前です。しかし、退かれるとこちらとしても困るので、撤退の兆候が見られたら即時連絡、そのうえで攻撃を仕掛けて少しでも敵を仕留めてください。検分して情報解析をしたいとのことです。無論、侵攻を開始しても連絡をお願いします』

「了解」

どのみち、俺たちが貧乏くじなのは進もうが退こうが変わりないわけか。

『なお、防御陣の構築が開始されました。ミノちゃん率いる部隊が展開してすでに30％の構築が完了。哨戒116はすでに合流に向かっています。構築完了予定時刻は02：00。それまでに敵が防御陣に到着する動きがあるのであれば、遅滞戦闘を行ってください』

「了解」

と言っても、すでに時刻は00：40。あと約一時間半で、10キロ先にある防御陣へ隊伍を組んでたどり着こうってのは無理だ。

『なお、これより全体の指揮は指令室から行います。これは勇者タイキ殿も承諾《しょうだく》済みです。すでに敵の規模は、普通の兵士では抑えられないとの判断で、我がウィード魔物軍に対応を求めてきました。よって、これよりウィード魔物軍は単独でビッツ軍（仮）を撃退しなければいけません。私たちが抜かれればランクスは文字通り血の海となります。それは絶対に阻止しなければいけません。各員の奮励努力を期待します』

「了解」

だろうな。

相手の基礎レベルは100以上ときたもんだ。

普通の兵士じゃどうにもならんし、大将の勇者タイキが突っ込むとかあり得ねー。

近衛隊も続くだろうし、被害が甚大なのは目に見えている。

なら、さっさとこっちの重火器で始末した方がいいわな。

「さーて、奇しくも、俺たちが一番最前線にいることになったな」

「ですね。あ、哨戒116、第三小隊が戻ったようです」

皮肉を話していると、送り返されてきた第三小隊が到着したようだ。

「報告」

「はっ。ミノちゃん将軍に構築ポイントの確保および構築を無事移譲。補給物資を受け取って、こちらの支援に戻りました」

「ご苦労。で、補給物資?」

「はい。攻めて来た際に、防御陣側以外からの攻撃を頼みたいとのことで……。こちらです」

そこには、アンチマテリアルライフルがあった。

「なに？　戦車でも敵の部隊にいたか？」

「いえ、とりあえず。これがあればしっかり狙えて、敵を確実に倒せるだろうって」

あー、まあ、ロケランとかは狙い撃ちするものじゃないからな。

こっちで指揮官を見つけたら確実に潰せってことか。

「よーし、これは第三小隊が装備しろ。第一第二は現状の装備で……」

「……ジョン隊長。敵が動き出しました」

なんでこうタイミングが悪いかな？

「第三小隊はアンチマテリアルライフルの点検、装備を開始。第一第二は敵の監視始めるぞ」

「「了解」」

で、敵さんたちは戻るのか進むのか？

俺たちだけで攻撃は面倒なんだけどなー。

第448掘：主役が脇役になる瞬間

Side：ビッツ・ランクス

「どういうこと‼」

私は思わず叫んでいた。

それを聞いたレイが心配そうに近寄ってきます。

「どうかしたのかい？」

「いえ、誰かがランクスをダンジョン化したみたいで、これ以上こちらのダンジョンを広げられないみたいなの」

「なんだって？　なるほどね。さすが、卑劣漢タイキのやりそうなことだ。奴と手を組んでいたからな」

「どういう意味？　このダンジョンの意味が分かるのかしら？」

「簡単だよ。ランクスをウィードに売ったのさ。ほら、連合にはゲートがすでにあるだろう？　つまり、ウィードのダンジョンがあるってことだ。だからこれは神々に逆らうユキという奴の仕業だろう」

「そういうこと……。まったく、あの男は‼　ない頭を使うから‼」

「まったくだ」

ああ、もうランクスは悪に染まっていたのね。

服従を誓う者がいれば、助けてあげようかとほんの少し思っていたけど、それはもう無駄だったみたい。

「で、どうする？ こうなると、ウィードの戦力も出てくるだろう。引くのかい？」

「大丈夫ですわ。ウィードの戦力は大したことないですわ。ゴブリンを将軍に据えて、一番強い魔物でブラッドミノタウロスです」

「余剰の戦力が存在している可能性は？」

「ないとは言えませんが、存在しても、敵ではありませんわ。私たちのように冒険者を食ってはいるようですが、規模が私たちとは違います。万民のためなどと謳って、他国にも地続きのゲートを設置しているのです。だから私たちの軍を倒せるような余裕があるわけないですわ」

愚かよね。

自国のためだけにDPを溜めていれば、私たちと対抗できたかもしれないというのに。

まあ、しょせん、女神様に頼ることしかできない無能だったということね。

「なるほど。当然だな。ではこのままランクスを目指すんだね」

「はい。でも、これではDPが得られませんし、私の指示も届かないですわ。どういたしましょう？」

「そうだな。ビッツ。悪の鎧という感じのものはないかい？　それを着て私が直々に指揮を取ろう。その方が、ランクスを滅ぼしたのがウィード、ユキだというのに説得力があるだろう。この世界でその規模の魔物を操れるのは、表向き、魔王とウィードぐらいしかいないからね」

「素晴らしい案ですわ。少々お待ちください。なるべくよい武具を用意して、怪我などしないようにしませんと」

「そうだね。まあ、この真の勇者たる私が怪我をするとは思えないけど、頼むよ」

そう、彼は悪の勇者タイキを仕留め、真なる勇者となり、大陸の覇者《は》となるの。

そして、私はその彼を支えた女神として、大陸を治める。

「しかし、彼らもかわいそうだな。私たちみたいにレベルアップができればよかったのに」

「彼らにはそのような頭がないから、いまだにゴブリンやオークなどを使っているのです。まさか、自分のダンジョンの魔物を狩ってレベルを上げられるなど思いもしないでしょうから」

「そうだな。凡人である彼らが悪いのではなく、賢い私たちがいけないのか」

「ふふっ、罪ですわね」

今や、私や彼のレベルは400以上。

ノノアやノゴーシュを騙してDPを浮かせた分を軍備に回し、私たちの底上げに回した結果、誰にも負けない最強の軍、そして世界の祖たる真の勇者と女神が誕生したの。

「そうだ。このような兜はどうだろうか？　リッチの集団に紛れるのにはちょうどいいだろう」

「そうですわね。なら、タイキやユキが震え上がりそうな、こちらの鎧とかはどうでしょうか？」

「ああ、素晴らしいね」

そんな弾む話をしながらも、着々と彼の準備は整う。

今の姿はどう見ても、リッチの親玉に見えますわ。

「じゃあ、私は行ってくるよ。タイキやルースは私が殺さずにとらえておくよ。準備が終わり次第、連絡をするから」

「はい。万が一にも負けるとは思いませんが、お気をつけて」

「任せておきたまえ」

そう言って、彼は魔物たちの指揮官として、ランクスへと旅立った。

あとは、ランクス攻略の知らせを待つばかり。

その間に私も、彼の呼びかけにすぐ応じられるよう、ノゴーシュとの約束のカタナとやらを選んでいた。

一応不測の事態が起きる可能性もあるので、先に刀を渡しておいてご機嫌をとろうというわけですわ。

あの考えなしの剣神ならきっと手を貸してくれるでしょう。

しかし、このDPを使った交換というのは不思議よね。

私が知識を手に入れると、その都度呼び出せるアイテムが増えるの。

さすがは上級神様がお与えになってくださったお力。

「でも……、不思議な名前ですわね」

私はカタナの名前を見ても、全然意味が分からなかった。

私たちに馴染んだ名前が付いていないのです。

「ナガソネ……コテツ？　ヒメヅル……イチモンジ？　よく分からないわ」

とりあえず、DPが高いものが良いものと決まっているし……って、ナニコレ。

とんでもなく高いんですけど⁉

レイにあげた聖剣エクスキャリバーの20倍⁉

……むむ、出せない額ではない。余裕も多少はある。

いずれは倒すとしても、今はご機嫌を取って矢面に立ってもらう必要はある。

「ここは、我慢ね。こと剣の良し悪しが剣の神に分からないわけないですし」

下手に、安物を渡して敵対されても困るから、これは先行投資ね。

すぐに回収できる予定もあるからこれでいいでしょう。

「えーっと、名前は……。ドウ……ジ……ギリ……ヤスツナ？　なんて読みにくい。でも、そう言えば、ノゴーシュ様は確かノブツナとか言っていましたし、このカタナからあやかった名前かもしれませんわね。これにしましょう。あ、そういえば二本いるとか言ってましたわね。

うーん、さすがに同じレベルのをもう一本は厳しいですわ。……これでいいでしょう。なにな
に。シマヅ……イチモンジで」

イチモンジって名前が多いですわね。何かカタナによくつける名前か何かでしょうか？

ま、いいですわ。

とりあえず、時間はまだ十分にありますし届けに行きましょう。

私はゲートを通って、いっきにノゴーシュ様の城へと向かう。

今の時間なら、訓練場ね。

ブンッ‼　ブンッ‼

予想通り、そこには深夜だというのに、剣を振って鍛えている剣の神がいた。

正直に言うと、腕の振りがまったく見えませんわ。

彼もノゴーシュ様には剣の腕で勝てませんもの。

やはり、無暗に敵対するのではなく、利用する方向で動くべきでしょう。

「ノゴーシュ様。鍛錬中失礼いたします」

「ふむ。ビッツ姫か。どう……」

振り返って、こちらを見て口を開こうとしたのだが、すぐに固まり、私の腕の中にあるカタ
ナに視線が固定されている。

「見ての通り、ご所望のカタナを手に入れてまいりました。一応、選べるものの中で、最上位のモノと、そこそこのモノを用意させてもらいました」

「なぜ、どちらとも最上位ではないのだ？」

「最上位のモノは私の勇者であるレイの聖剣の20倍のモノです。今の蓄えでは一本がやっとでございました」

「なんと⁉　そこまでのモノか、では見せてみよ」

「はい。まずは、そこそこのモノを。こちらもそこそこと言っても、聖剣の5倍はしました」

そう言って、シマヅイチモンジを渡す。

彼は即座に、カタナを鞘《さや》から引き抜き、剣身を見る。

「……素晴らしい。これでそこそこか。確かに、あの聖剣より力を感じる。名だたる騎士と鍛冶屋の魂が詰まっている」

「お喜びいただけてなによりです。そのカタナの名前を、シマヅイチモンジと申します」

「珍妙な名前だな。だが、ノブツナと同じ流れを感じる。分かった、シマヅイチモンジ。私の力となれ」

ふう。

どうやら満足してもらえたみたいね。

なら、こちらの方も大丈夫でしょう。

「そして、こちらが最上位のカタナにございます」

「ふむ。見せてもらおう」

ノゴーシュ様は同じようにカタナを受け取ると、すぐに鞘から引き抜いて……。

「「……」」

その剣身から目が離せなかった。

どう違うのかと言われると、難しいのですが、確実にあのカタナには、私たちの視線を釘付けにするだけの何かがあります。

だって、私が宝飾でもない剣を見て素直に綺麗と思えたのですから。

「名は？」

「……」

「ビッツ姫。正気に戻るのだ」

「……」

「なるほど。それほどのカタナか。……神の力の残滓《ざんし》を感じる。これは鞘に納めねば、まともな会話は無理か」

私は、ノゴーシュ様がそのカタナを鞘にしまう最後まで、目で追っていた。

「ビッツ姫。良いカタナを選んでくれた。姫が魅了されるほどの実戦の剣はそうそう存在せぬ」

「はい。ありがとうございます」

「では、改めて聞こう。このカタナの名はなんと言う？」

「そのカタナの名前は、ドウジギリヤスツナと言います。ノゴーシュ様から聞いた、ノブツナと関係があるのかと思いまして、こちらを選びました。おそらくはノブツナという名の由来かと思われます。先ほどの神々しさから確信いたしました」

「なるほど。ヤスツナか。確かにノブツナと似ている。これほどのカタナなのだ。その可能性も十分にあるな。感謝する」

「いえ。私たちを匿っていただいたお礼にございますれば」

「十分すぎるお礼だな。これでは私がもらいすぎだ。何か問題があればすぐに言われるとよかろう。このカタナをもってすべてを斬り払おう」

「感謝いたします。ですが、現在はまだランクス侵攻を開始したばかり、敵も脆弱《ぜいじゃく》なれば、今回はノゴーシュ様の手を煩《わずら》わせることはないでしょう」

「そうか……。それは残念だ。実戦での試し切りはできないか。まあ、先ほど言ったように何かあれば遠慮などしないでくれ」

「はい。そのときはよろしくお願いいたします。では、私は彼の報告を待つ身なので、ランクスの方へと戻ります」

「分かった。気をつけてな」

　そう言って、私はランクスの方へと戻る。

　しかし、その帰り道、私の頭の中はカタナで一杯だった。

「すごく、綺麗でしたわ。私にもあのような、美しいカタナを持つべきですわね。そう、美しいものは私のようなものが持つのにふさわしいのですわ」

　時間はありますし、彼が戻るまでは、カタナを数本取り寄せてみるといたしましょう。

Side：ルナ

　ビリッ!!

　そんな感覚が体を走る。

「ああん？　静電気？　もう秋から冬だし、そんな時期かなー」

　こりゃー、コタツとミカンも出すべきかなー。

　ま、今は漫画の続きっと……。

　そう思って、漫画を積んだ山へ手を伸ばすと……。

　ビリッビリッ!!

「ふぁっ!?　く、空中で放電した!?　いや、ちがう？　私の能力で処理しきれていない？」

　これ、体から魔力が抜けて行こうとして、抜けなかった感覚だ。

　分かりやすく言うと、おならが出そうで、出なかった感覚が近いかな？

「……たく。なんのエラーよ。この私の能力を超えるとか、ああ？　ＤＰでの刀の呼び出し？」

エラーを確認すると、ＤＰでの交換する際の複製エラーだ。

「えーっと……。うげ!?　童子切安綱!?　ユキのやつ何考えてんのよ。複製できるわけないじゃん。あれ、今現在、酒呑童子《しゅてんどうじ》の荒魂《あらみたま》封印してるのよ。なんでまた……って、タイゾウとかいるし、研究とかでせがまれたかもね。ま、ＤＰ出して送れないとかぐちぐち言われそうだし、別に害があると言っても、意識乗っ取られるぐらいだしー、ユキには心配無用ね。荒魂の複製とか時間かかってクソ面倒だし、本物を送って。あとで複製と交換すればいいでしょう」

そう決めて、とりあえず本物を東京国立博物館から転送して、代わりに外見だけ似せた偽物を置いておく。

「さーて、本日は休日。仕事なんて、明日明日。休みは思いっきり休む!!　たまった漫画読むぞー!!」

ひゃっはー!!　全巻読破してやるわよ!!

第449掘：情報収集の一時報告と戦闘の結果

Side：モーブ

ちっ、思ったよりも動きが早かったみたいだ。

俺たちや霧華が調べを入れている間に、ランクスへの侵攻が確認された。

幸い、剣の国は動きを見せていないから、あのお姫様が単独で動いているとユキは判断しているみたいだな。

まあ、今のところだ。

だから、深夜であるにもかかわらず、俺たちは起きて、静かに、ランクスで起こっている戦いの結果を待っている。

下手すれば、剣の国でもすぐに動きがあるはずだ。

「しかし、この動きの速さから考えると……」

「冒険者が行方不明の件はこの侵攻のために使われたと見るべきですね」

「くそっ‼」

ライヤとカースの会話を聞いて、俺は思わずそう叫んだ。

「おちつけ」、

「そうです。気持ちは分かりますが、今は静かに」

「……すまねえ。つい」

俺はそう謝ると、二人とも、特に気にしていないと言ってくれる。

「仕方ないさ。誰だって故郷でこんな胸糞悪いことが起こってれば叫びたくもなる」

「ええ。その怒りを、ノゴーシュとビッツ姫にぶつけてやりましょう」

「ああ‼」

三人で笑いあう。

さすが、俺の相棒たちだ。

「暑苦しいおじさまたちの友情はいいとして、もうちょっと声を抑えられませんか？」

気が付けば、霧華が開け放たれた窓に座っている。

「霧華。そっちはどうだ？」

「こちらはさっぱりです。そちらのように冒険者が大量に行方不明になっているわけではなかったので」

「こっちのことは言わなくてもよさそうだな」

「いえ。できれば詳しい説明をお願いいたします。あくまでも、冒険者が行方不明になっているだけですから。ギルドの方を直接探ったのなら、もっと詳しい内容があるのでは？」

「そうか、分かった。でも、城の方の監視はいいのか？」

「かまいませんよ。城内侵入は許可が下りていませんし、遠巻きに監視するしかできません。現在、ランクスの方へ侵攻をかけているお姫様の関係で、秘密裏に動くなら察しようがありません。逆に堂々と出撃するのであれば、城や町がざわつきますし、すぐに分かるでしょう」

「あー、そりゃそうだな。で、お姫様の方は確認が取れたのか？」

「いえ。私自身の確認はとれていません。ですが、ビッツ姫に似通った女性がノゴーシュと謁見しているという話は聞きました。ですがそれだけです。で、そろそろ、モーブさんたちの情報を聞かせてもらってよいでしょうか？　主様からの援軍がもうすぐ到着しますので、ある程度情報を整理しておきたいのですが」

霧華はそう言って、こっちを睨みつけてきた。

あ、質問していたのは霧華だったな。

「すまん。そう睨むな」

「失礼しました。つい、いらいらしていまして。私の体目的のクズが多いもので」

「あー、なるほど」

納得、どっちの意味でも。

霧華はしっかり美人だし、こんな美人に話しかけられれば、そりゃー手をのばしたくなるだろうさ。中身を知らなければな。

「ま、気分を変えるためにも、話すとするかね。と言っても、こっちも正直測りかねているんだよな」

「と言いますと？」

「えーっと……」

なんて説明したものかと、少し悩む様子を見せると、ライヤが代わりに説明し始める。

正直助かった。

「当初はギルドもグルの可能性を考慮して、露骨に疑っているような行動をしていなかったんだが、逆に、すぐにギルドマスターの部屋に呼び出された」

「それは、普通にモーブさんたちを狙っていた可能性もあるのでは？　すぐに呼び出すなんて露骨すぎるでしょう」

「その可能性も最初は疑ったが、どうも変なんだ。ギルドマスターはこの冒険者行方不明のことをよく把握していない様子だった。わざわざ、地図を出して、行方不明の地点を記録していたくらいでな。しかし、それもそのはず。そのほとんどが、クエストの場所がバラバラだからだ」

「……それはまた非効率ですね」

そう、俺たちを呼び出したギルドマスターはなぜ、冒険者たちが行方不明になるのかを測りかねていた。

何度か、集団で調査隊を派遣はしたが、何も成果はなく、ほとほと困っていたところに、俺たちがギルドを訪れたと聞いて、何かヒントでも得られればと思ったらしい。

「その関係で、俺たちはギルドの上層部が剣の国と結託しているというのはないと思った」

「まあ、それもそうなんですけどね。ギルドの方には、コールよりは質が下がりますが、各ギルドとすぐに連絡が取れる、魔道具が配備されています。それですぐに各地から援軍を呼び出せますから」

「話は理解できます、カースさん。しかし、その失態が露見するのを恐れて、協力というのは？」

「それなら、逆に情報封鎖が行われるでしょう。しかも、すでに各ギルドに応援要請も出ています。多数の冒険者の行方不明。これはギルドにとってはかなりの損失です。無論、ウィードのオーヴィクたちや、グランドマスターの方にまですでに連絡がいっていることの確認が取れました。そこで、私たちがこの地にいるということを聞いて、協力してもらえないかという話になったそうです」

「……なるほど。すでに、この事態は剣の国のギルド支部だけの話ではなくなっているのですね」

「ええ。すでにウィードの冒険者ギルドに各地から実力者の冒険者たちが集められています。それまでの、場繋ぎというのとは違いますが、少しでも別口から意見が欲しいとの話で、捜索は、ウィードからの援軍が来てからとのことです」

「その状況では確かに関与している可能性は低いですね。凄腕冒険者たちなら、主様のように意地が悪い仕掛けでもない限り、強い魔物や、ダンジョンも突破してくるでしょう」

霧華の言う通り、凄腕ってのは、多少の強い魔物や難易度の高いダンジョン程度で止められない。

俺たちが強くなりすぎているから、相対的に評価が低いだけであって、それが弱いというわけでない。

強い魔物が倒せなくても、意地をはって玉砕などする連中ではない。

何としても生き抜くタイプだ。それが、凄腕、高ランクの冒険者に必要だからな。

ユキの奴みたいな、常識をぶち抜いたダンジョンでない限り。

「……ふむ。ではその行方不明が出た場所を記録している地図は覚えていますか？」

「ええ。もちろん。というか写真をこっそり撮ってきましたよ。こちらです」

そう言って、カースがテーブルの上にその写真を置く。

拡大しているから、結構大きい。

「これはまた。本当にバラバラですね。固まっていて、最大3つぐらいですか。これでは、どこを捜索していいのか分かりませんね」

「そうです。しかも、その3つが集中しているところも、すでに捜索隊を派遣しましたが、何も見つかっていません」

「……本当に不思議ですね。これは効率が悪いどころではありません。可能性としては、即座にダンジョンの出入り口を作って、冒険者たちを引き込んだあと、すぐに元に戻すぐらいですが……」

「それをやる意味が見つかりません。ダンジョンを固定して発見させた方が、DPを集めるのにはやりやすいでしょう」

「その通りですね。……では、冒険者ギルドとしては、どういう可能性を考慮しているのでしょうか？」

「突然変異の魔物が生まれて、剣の国一帯をうろついている。あとは、犯罪組織による襲撃、というのが見解ですね」

「妥当ではありますね。犯罪組織というのは、あながち外れではなさそうですが」

「ええ。ある意味、犯罪組織の方が私たちも納得ができます。ギルドに対する怨恨での行動と分かりやすいですし、そういう集団は山ほどいるでしょう。クエストの多数失敗もギルドの信用を落とすのにもちょうどいいでしょう」

「……剣の国、ダンジョンとは無関係である可能性もあると？」

「それも考慮には入れるべきでしょう。さすがに、この情報だけでは断定できません」

「そう……ですね。では、そちらはこれから冒険者ギルドの捜索隊に加わってという形でしょうか？」

「その予定です。ですよね、モーブさん」

「おう。難しい話はよく分からんが、オーヴィクたちと合流して調べた方が安全だからな」

「「「……」」」

あれ？　なんか全員の視線が痛いぞ。

「……まあ、モーブさんはこれでいいのでしょう」

「ああ。あれのおかげで、こっちが余計なたくらみをしているとは思われないからな」

「ですね。そのおかげである意味動きやすいですから」

とりあえず、褒められているというふうに思っておこう。

「しかし、もう結構時間がたったな。もうすぐ3時か……。ランクスの方は上手くいってるのかね」

気が付けば、そんな時間になっていた。

そもそも、その結果を待つために起きていたのだ。

「戦力報告からは、負ける要素は見つかりませんでしたが、不測の事態というのは往々にして起こりますからね」

「カースさん。主様に限ってはそのような事態も考慮しておられますから、敗走することなどあり得ません」

「まあ、そうでしょうね。ユキなら負けそうな戦いはしませんから」

だよなー。ユキはそんな勝負はしない。

必勝を確信して初めて動くタイプだ。

特に話すこともないので、各々適当に時間をつぶしていると、コールから連絡が来る。

『こちら、指令室。現在の戦況を報告します。なお、この通信は、主要作戦従事者全員に一斉にいっていますので、個々での返答はできません。報告後に各自連絡を願います』

そう言って、エリスの声がいったん途切れる。

これから、ランクスの戦況報告がされるのだろうと、俺たち全員は感じて、静かにその時を待った。

『ランクスへ侵攻を開始した所属不明の魔物軍は、ミノちゃん将軍が構築した防御陣で対峙、進軍停止命令、および攻撃警告を無視、よって、防衛戦を02：40に開始しました』

大体30分前か。

となると、まだ戦闘中か？

『結果、一斉砲撃、および一斉射撃で、敵軍は崩壊。02：50には敵の抵抗はなく、掃討戦に移行。その際に、指揮官と思しき人物を見つけて拘束《こうそく》に成功。03：15に戦闘終息を宣言。ランクスの防衛は成功しました』

ああ、もう終わったのか。

砲撃とか射撃とか言ってるから、大砲とか銃を持ち出したのか。

そりゃー、無理だ。敵が保つわけがない。

『繰り返します。ランクス防衛は成功。待機していた人は各自持ち場に戻ってください。詳細報告は明日また連絡が来ます。以上、戦況報告を終わります』

とりあえず、今一番問題になっていたことは解決したわけか。

「さすが、主様です。しかし、こうなると、私は徹夜ですね。城で何かしら動きがある可能性が大きくなりました」

「あ、そうなのか？」

「そうですよ。エリスさんの報告で、ダンジョンマスターの軍と思しき侵攻軍が壊滅しました。協力体制にある剣の国に何らかの動きがあるのは簡単に予想が付きます。私たちも、ギルドへの何かしらの動き、働きかけがあるかもしれませんから、ギルドの方に向かいましょう」

「よし。分かった。霧華も無理するなよ」

「ええ。もちろんです。そちらもお気をつけて。ではお先に失礼します」

霧華はそう言って、また窓から飛び出していく。

「しかし、今日は寝られないか」

「仕方ないだろう。だが、ギルドに行く理由はどうする？　まだ何も起こっていないのにギルドに向かうというのは怪しまれると思うが？」

「……そうですね。それはライヤさんの言う通りまずいですね。とりあえず、このまま部屋で起きて待機していましょう。何か問題があればギルドからすぐ連絡が来るでしょうし、朝になればギルドに向かえばいいのですから」

「ある意味、この状態で起きているのはつらいと思うがな。気が抜けて眠くなってきたぞ。俺」

「まあ、全員が起きている必要もないだろ。モーブ、お前が先に仮眠を取れ。1時間ほどで起こす」

「あいよー。ちょっと休ませてもらうぜ」

そんな感じで、俺はベッドの中に潜ってすぐに寝てしまうのであった。

第450掘：しんのゆうしゃはまけない

Side：ユキ

「繰り返します。ランクス防衛は成功。待機していた人は各自持ち場に戻ってください。詳細報告は明日また連絡が来ます。以上、戦況報告を終わります」

エリスはそう言って連絡を終える。

「ふう。一時はどうなるかと思っていたが、上手くいったようだね」

「ええ」

横にいるタイゾウさんは、椅子に深く座りなおして、お茶に手を伸ばす。

「しかし、敵の指揮官がいたとはな」

「最初はいないはずという報告が上がっていたんですがね。そこら辺の確認に行ってきますよ」

「ユキ君が出向くほどのことか？」

「面と向かって確認した方が分かることも多いですから。ドッペルなので安全面は問題ありませんし、タイキ君の所ですからね。タイゾウさんはこのまま休んでください。明日の昼にはランクスで打ち合わせですよ」

「分かった。お言葉に甘えさせてもらうよ」

タイゾウさんはそう言って、指令室から出て行く。

やはり疲れがあるのか、多少覇気がない背中だ。

仕方ない。ノノア相手の交渉を任せた後、すぐにこっちに戻ってもらって、剣の国への調査要員の増員、方法とか協議していたらランクス侵攻だ。

遠縁とはいえ、タイキ君と仲のいい叔父と甥《おい》のような付き合いをしているタイゾウさんは当初、自ら援軍に出ると、刀を握って殺《や》る気満々だった。

それを押しとどめて、指令室で戦況を見るだけということで我慢してもらったのだ。

無論、ヒフィーがタイゾウさんを抑えつけるのに一番役に立ったが。お茶とか色々甲斐甲斐しく世話をしていたし、夫婦仲は良好そうでよかったよ。

「さーて、俺たちはもうひと踏ん張りだ。ランクスに向かうのは、デリーユ、ラッツ、サマンサ、クリーナ。後は、こっちに残って、情報整理と各地の中継を継続」

「「はい」」

よし、指示は出したし、俺たちもランクスに向かいますかね。

はぁ、深夜の仕事ってつらいわー。

まあ、そんなお約束はいいとして……。

「しかし、相手も不思議じゃったな。なぜ進軍してきたのかよく分からんぞ」

一緒にランクスに向かっているデリーユはそんなことを呟く。

そう、先ほどの戦闘は正直不可解なことが多かった。

「いったん、進軍をやめていましたし、何かを考えていたんでしょうねー。でも、結局は進んで、ミノちゃんの率いる防衛部隊と対峙。普通なら、これで王都強襲は失敗のはずなのに、なぜか向かってきましたからね」

ラッツの言う通り、最初発見した一時は進軍をやめていたのだが、防衛部隊と対峙した時は普通に進軍してきた。

なぜそのような判断をしたのかがよく分からない。

「しかも、人が指揮官に入っていましたわ。それであの判断は理解に苦しみますわ」

「ん。誰も指揮官がいないのであれば命令に従っているだけと判断はできるが、指揮官がいて進軍したということは、進軍の判断をした理由があるということ。それがさっぱり分からない。

……あるいは囮」

「囮って、他の狙いが分かりませんわね」

「……ん。自信はない。というか、囮とは私も思っていない。あの戦力を捨て駒にするほどの余力があるなら、今頃ここ一帯の勢力図は変わっているはず」

「ですわね。何がしたかったのかさっぱり分かりませんわ」

サマンサとクリーナも意見を言うが、結局首を傾げている。

クリーナの言う通り、囮という可能性は極小とは言えあるが、自身で否定したように、あの戦力を捨て駒にする理由は分からないし、そこまで保有戦力に余裕があるなら、今頃は堂々と敵に回っているだろう。わざわざこそこそする必要がない。

「まあ、指揮官も逃げ出そうにも、一瞬で崩れたからのう。やりすぎたという可能性もあるか」

「あー、ありそうですね。実は、一瞬で突破して、ランクスまで突き抜けるつもりだったとか？」

「ありそうですわね」

「ん。その可能性が高い。そもそも、相手は地球の兵器を知らない。あと、ミノちゃんの配下は主にオークとゴブリンたち。だからたやすく抜けると見誤ったのかもしれない」

「「あー」」

いやいや、うちの魔物部隊の強さは他国も知っているだろうにと言いかけたが、そんなことをしっかり調べているなら最初からこんなケンカは売ってこないか。

……あれか、理解できる情報だけ抜き取って、理解のできないわけ分からん情報は誤情報として捨てたか。

「で、さっきからユキは黙っておるが。何か分からんのか？」

「んー。みんなの疑問もよく分かるからな。しかし、とりあえず、現場に行ってからだな。今話したところで、結局想像だからな。とりいそぎ、その想像で厄介なことにはなりそうにないからな」

「そうですねー。指揮官さんも捕まえているようですし、そっちから聞く方が早いでしょうねー」

「おとなしく、喋ってくれるといいのですけれど」

「ん。そうなればどうやってでも、吐かせればいい。そもそも魔物を率いて襲ってきた相手。処刑は免れない。使い捨ての可能性もあるし、情報を知らない可能性もある。喋ったとしてもあまりその指揮官の話を鵜呑みにするのもよくない」

クリーナのごもっともな意見だ。

よほどの大物でもない限り、適当に拷問かけてそのままさよならだろう。

世の中、使い捨ての実働部隊が重要な情報を知ってるわけないしな。

そんなことを話しながら、ランクスのゲートをくぐると、そこにはすでに、ルースが立って待っていた。

「お待ちしておりました。こちらへ」

案内について行きながら、ルースにも話を聞く。

「状況は？」

「特に戦闘後の問題は起きておりません。只今、ミノちゃん将軍が現場、防御陣の撤収をしています」

「じゃ、詳しい戦闘報告はあとか」

「そうなりますね。一応、監視で動いていたジョン将軍はこちらに戻ってきていますので、話を聞けるとは思います」

あー、ジョンが一番近くにいて、監視と後方かく乱してたんだっけ。

厄日だなジョン。

「そういえば、ガルツの面々はどうしてる？」

「ちょっとした問題があったようでして、ローエル将軍、ヒギル参謀は一度本国に戻っています」

「ガルツで何かあったか？」

「いえ。個人的な問題という話で、代わりにティーク殿下が来ておられます」

「個人的な問題で、なんで現場に来ていた将軍と参謀が下がって、次期国王候補が来るんだよ」

「さあ。詳しくは聞いていませんので」

……シェーラから連絡は来ていないし、そこまで大事な話ではないのか？

まあ、ティーク兄が来ているからそっちから話を聞くか。

「こちらです。陛下。ユキ殿をお連れしました」

「入れ」

ちゃんと扉の向こうから、威厳に満ちた声が聞こえる。

王様をちゃんとしているようだ。

俺には向かないねー。

そうして、入った会議室には、すでに、ジョンやティーク兄は机に座っていて、どうやら俺が最後のようだ。

「どうぞ。座ってください」

タイキ君に促されて席に着くと、いきなりティーク兄がこちらに向かって頭を下げてきた。

「ユキ君。ローエルが本当に申し訳ない」

「はい？　何かあったんですか？」

「その様子だと、知らないのか。どうやら、盾の件で借金ができてから、ミノちゃんやジョンにご飯を集《たか》っていたらしいんだよ。それも頻繁《ひんぱん》に」

「あー……」

それ、俺も集られたわ。

いや、集られたというか、事情は知っていて忍びなかったんだけどな。

「それが、先ほど、ヒギルにばれて、そのままシャールの所へ行ったわけだ。外交問題になりかねないからな」

気にしないというわけにはいかないもんな。

こういう借りはよろしくないのだ。王族というか貴族としては。

だって、お金持ってなくて他人の財布で飲み食いしているなんて噂がたてばそれだけで、風評が悪くなるからな。

周りからの支持で成り立っている国のトップの一族がそんなことをするのは色々まずい。

こっちとしては、頼まれれば断るわけにもいかない。王族を粗略にあつかったとかなんとか。

これは本人が判断して自重するしかないのだが、まあ、ローエルだしなー。

「とりあえず。気にしていませんよ。友人付き合いということで」

「助かるよ。いずれどこかでパーティーにでも招待させてもらうから」

うん。そんな王族のパーティーとか行きたくねー。って言えないよな。

でも、向こうの面子もあると。世の中大変だよね。

「えーと、すみませんが、一応、先ほどの戦闘から得られた情報を話していいですか？」

俺たちがお互い苦笑いしていると、タイキ君がおずおずと話しかけてきた。

「あ、すまない。今はそっちが大事だね」

「で、情報はいいとして、そっちで簀《す》巻きになって転がされている落ち武者は誰？」

話を本題に戻すのはいいが、会議室の隅に、頭が禿げ上がったというか、焼けて河童みたいになった金髪のイケメン？　が転がっている。

？　なのは、汚れていてよく分からんから。

「んー!!　んー!!」

なんかみんなの視線が集まったのを感じて叫んでいるのだが、猿ぐつわされているので、何を叫んでいるか分かんね。

まあ、とりあえず、こんな格好の奴が会議室にいるって理由はただ一つだよな。

「これが、さっきの魔物たちを率いていた指揮官？」

俺がそう聞くと、ルースが頷いて口を開く。

「そうです。そして、ビッツ姫と共に逃げていた近衛隊の副隊長だった男。レイです」

あー、なるほど。

拷問にかけるわけにはいかんな、それは。

どう考えても、あの姫さんの腹心の立場だろう。

だって、あの姫さんと恋仲だったはずだから。

「ということで、このレイから全員で話を聞こうかと思いまして。いったん、情報報告の前にいいですか？」

「かまわないよ。彼が何を喋ってくれるか楽しみだ」

「情報を整理するにも、この男の発言の後の方がいいだろうしな。俺も同感」

ティーク兄と俺の同意が得られたのを確認して、タイキ君は簀巻きの隣に張り付いている兵士に目配せをして猿ぐつわを外させる。

するとレイという男は一気に叫ぶ。

「お前が、ユキか‼　恐れ多くも上級神をこき使い‼　世界をその手に収めようとする大悪党が‼　お前の野望はこの真の勇者である私が阻止して見せる‼」

……うーん。

なんていえばいいのか、非常に困るな。

とりあえず、こいつも適当に吹き込まれて勘違いしているのはよく分かった。

まあ、グルの可能性もあるか。

と、いけない。何か返事を返してやらねば……。

「……えーっと、頭のハゲ大丈夫？」

「貴様のせいだろうが‼　悪魔の力を行使して、我が最強の軍を壊滅させていい気分だろうが、それで打ち止めなのはよく分かっている‼」

えー、ただ弾薬を消費しただけですよ。

使用量は演習分も使ってないぞ。

「ルース‼　早くこの縄をほどけ‼　今ならまだ許してやる‼　姫には私からとりなしてやろう‼」

何このご都合解釈怖い。頭の中どうなってんの。

　名指しで呼ばれたルースは、結構怖い顔になっている。

「誰がお前の言うことなど聞くか‼　貴様はただの敵だ‼　レイ‼」

「きさまぁー‼　今まで面倒を見てやったのにその態度はなんだ‼　王家への忠義はどうした‼」

「お前に面倒など見てもらった覚えはない‼　そして、今の王家はタイキだ‼」

「その偽勇者の肩を持つのか‼」

　いや、君がしんのゆうしゃというのもおかしい話だからな。

「……話にならんな。連れていけ」

「このっ‼　離せっ‼　偽勇者タイキ‼　私にこのようなことをして、ただで済むと思うな‼　今に、剣神と世界の女神たるビッツ様がここに攻めてきて、この国は亡びるぞ‼　いいのか‼」

　えーと、しんのゆうしゃはおどしをつかった‼

「それなら望むところだ。まあ、どのみちあんたはその時を見ることはない、明日にでも処刑だからな」

　しかし　タイキには　きかなかった‼

　そして、タイキの反撃、処刑宣告‼

「な、ふ、ふざけるな‼　わ、私を殺してしまえば、お前らに助かる道はないのだぞ‼　し、真の勇者は負けない‼」

しんのゆうしゃは　あおざめた　こうかはばつぐんだ‼

いじをはったが　はくりょくはなかった……。

そんな感じで、あっさり会議室から連れさられていく、しんのゆうしゃ。

「とりあえず。大体のことは分かったね」

ティーク兄はなんとも言えない表情で口を開く。

「だなー。どうやら、勝てると予想して進んだみたいで。バックにビッツとノゴーシュがいるのは確定したな」

俺もなんだかなーって感じで返答する。

しかも、あれが最強戦力とか、悲しいなー。

おそらくDP稼ぎも兼ねてたんだろうな。

「レイが思ったより馬鹿でよかったです。こうなれば、あとは処刑日でも宣言して大々的にやれば、ノゴーシュとビッチは何かしら動きを起こすでしょう」

タイキ君はそう言う。その判断は正しいと思う。

うん。動いても動かなくても、こっちとしては情報が集まるからOK。

まあ、処刑日に殴り込みとか、やってほしくないと思う。

だって、俺の慎重に慎重を重ねた行動が否定されるから。

大丈夫‼

きっと、恋人ごときの処刑で出てくるような馬鹿じゃない‼

俺はそう信じている‼

「あのー。戦闘の報告はどうします？」

「「「あ、パスで」」」

「へいへい。後で書類にして出しますよー。どうせ俺たちの活躍はカットですね。分かってましたよー」

しゃーないじゃん。

大事なところは分かったし、戦闘の主な内容は殲滅しただけだしー。

まあ、ドンマイ‼　ジョン‼

落とし穴79掘：家を守る者

Ｓｉｄｅ：フィーリア

「お洗濯回収完了なのです‼」

フィーリアは無事に、外に干してあった洗濯物を回収することに成功したのです‼

身長が低いから、よく地面にすそとかがついていたのです。

しかーし、フィーリアは学習するのです‼

兄様の奥さんとして日々、成長しているのです‼

鍛冶だけでなく、家事も完璧《かんぺき》に一歩近づいたのです‼

「ねぇ。それ、ギャグ？」

「うにゅ？」

「いえ、いいわ。意識してないのは分かったから」

何かよくわからないですけど。ドレッサがそんなことを言ってきたのです。

あ、ドレッサやヴィリア、ヒイロはあのギルドの騒動から今日まで、ずーっと旅館に泊まってもらって、家事とかの手伝いをしてくれているのです。

無論、ちゃんと学校にも行って、ギルドのお手伝いで悪者探しもちゃんとやっていてすごいのです。

もちろん、フィーリアたちも大活躍なのです‼

兄様たちが、神様のことで忙しい間、今みたいに、家事を頑張ったり、赤ちゃんたちのお世話をしたりして、立派な兄様のお嫁さんなのです‼

そして、新大陸のお仕事もしているのです。

ポープリ姉様の魔術学府に通って、毎日、たくさん勉強したり、アマンダ姉様やエオイド兄様の訓練をしているのです。

そんなフィーリアたちを兄様は褒めてくれるのです。

こういうことは、地味だけど大事なことで、それを頑張ってくれるフィーリアたちは偉いと言ってくれるのです。

だから、フィーリアたちは頑張るのです‼

兄様が安心して、今の問題に取り組めるように、お手伝いするのがいい女の在り方だとラビリスが言っていたのです。

そんなことを考えていると、最後の洗濯籠《かご》を部屋に持ってきたドレッサが話しかけてきます。

「で、フィーリア。洗濯物は取り込んだけど、畳むの？」

「いえいえ。それは私が承りますよー」

「あ、サーサリ姉様」

「あはは一。フィーリア様は相変わらずですね。まあ、姉様と言われて悪い気はしませんが、一応メイドなのでそこのところは忘れずに」

「よくわからないのです。家族なのですよ？」

キルエ姉様もメイドだけど、家族なのです。

兄様が言っていたのです。一緒に暮らすなら家族なんだって。

「ここの生活スタイルでメイドを意識っていうのは無理じゃないかしら？　と、そこはいまさらだし、洗濯物を畳むのは任せていいわけね？」

「はい。お任せください。それでフィーリア様、ドレッサ様には他に用事を頼みたいのです」

「用事なのです？」

「どんな用事？」

「ナールジア様からのお呼び出しがかかっています。すでに、ヴィリア様、ヒイロ様は向かわれております」

「うにゅ？　アスリンとラビリスは？」

「お二人はお呼び出しがかかっていませんから、キルエ先輩と一緒に赤ちゃんのお世話をしています。おそらくは、武具に関することだと思いますが、何か思い当たることはありませんか？」

うーん。そういえば、三人用の武具を作っているとか言ってたのです。

フィーリアも少し手伝ったからよく覚えているのです。

となると、フィーリアはお手伝いに呼ばれたのです。

メインは三人なのです。

「思い出したのです。ドレッサたちの武具をナールジア姉様が作ってるのができたんだと思うのです。あとは細かい調整がいるからきっとドレッサを呼んだのです」

「え⁉　ナールジアさんが直々に⁉」

なぜかドレッサが興奮してるけど、よくわからないのです。

「あー、なるほど。そういうことですか。じゃあ、帰りにお買い物はできそうですか？　もしかして結構時間がかかりますか？」

「大丈夫なのです。調整だから小一時間もあれば終わるのです」

「そうですか。なら、ついでと言ってはあれですが、晩御飯の材料をお願いしてもよろしいですか？　4人もいるなら大丈夫と思いますが」

「任せるのです」

そう言って、買い物メモを受け取ると、ドレッサが横から覗き込んでくるのです。

「えーと、ひき肉、玉ねぎ……。今晩はハンバーグね‼」

「そうなのですか⁉」

「はい。旦那様が、フィーリア様たちがいつも頑張っているから、大好きなハンバーグにするようにと」

「「やったー‼」」

兄様はやっぱりちゃんと頑張っている私たちを見ていてくれているのです。

ちゃんと、今度こそはお城のハンバーグを作ってみせるのです。

「あ、フィーリア様。大建築のハンバーグはダメと旦那様から言付かっていますので」

「……残念なのです」

「当り前よ。ハンバーグが冷めちゃうし、あんな大建築食べるのがもったいなかったわよ」

うう……。確かに、作り上げるのに5時間かかったのです。

兄様たちはランクス防衛成功とか、その後の話し合いで疲れているだろうし、今回は我慢するのです。

「あ、ハンバーグのソースは適当に選んで買ってきてください。一応あるのは、お醤油に、ソース、マヨネーズぐらいですね。デミグラスソースとかホワイトソースはないので、そのたぐいが欲しいのなら、レトルト系が簡単ですね」

「「はーい」」

そうして、フィーリアとドレッサは、ハンバーグの材料を買いに飛び出たのです。

「やっぱり、ハンバーグにかけるソースは、ビーフシチューだと思うのよ」

「ビーフシチューも捨てがたいのです。でも、デミグラスソースもすごいのです」

「うーん。そうねーって、そういえばデミグラスソースとビーフシチューって何が違うの？」

「うにゅ？　そういえば、よくわかんないのです。ついでだからどっちも買って比べてみるのです」

「いいわね。そうしましょう」

そんな話をしながら、ナナのいる3号店へ向かったのですが……。

「あ、フィーリアちゃん。ドレッサ。いらっしゃい。もう族長との話は終わったの？」

「「あ、忘れてた」」

ナナに言われてようやく思い出して、回れ右して、駆け足で鍛冶地区に向かったのです。

「あ、来たわね。フィーリアちゃん」

「ごめんなさい。遅れたのです」

「そんなに遅れたかしら？　でもちょうどいいわ。ヴィリアちゃんとヒイロちゃんの武具は着せたから、お話を聞いてあげて。ドレッサちゃんはこっちに来てくれないかな？」

「わかったのです」

「分かりました」

ドレッサがナールジア姉様に連れられて奥にいくのと入れ替わりに、ヴィリアとヒイロがドレスアーマーを着て戻ってきたのです。

「えーと、フィーリア。よろしくね」

「よろしくなのです」

そう言って、ヴィリアと挨拶をしたのですが、ヒイロはなぜかフィーリアのことが目に入ってないのか、くるくると、回ってドレスアーマーをなびかせているのです。

「ふふん。ヒイロ、かっこいい」

「こら、ヒイロ。これから調整するんだから、おとなしくしなさい。フィーリアも来てるのよ」

ヴィリアの拳骨が落ちて、ヒイロは止まるのです。

だけど、涙目なのです。

「あう。ごめんなさい。フィー姉よろしくお願いします」

「わかったのです。フィーリアに任せるのです」

とりあえず、まずは二人の装備を確認するのです。

どちらともドレスアーマーなので、普通の服に近い形の防具なのです。

と言っても、兄様のために編み出した、特殊合金繊維を使って作ってるから、伝説の鎧並みにつおいのです。

ヴィリアは剣と格闘タイプなので、小型の盾バックラーを装備して、要所にガードをつけているタイプなのです。

ヒイロは魔術と杖、格闘タイプで、ドレスアーマーは、ヴィリアよりも、要所を覆《おお》う防具を減らしているのです。前衛ではないから、動きやすいのを重視したのです。……なのですが、なぜか大盾を希望していたので、タワーシールドを用意したのです。

おそらくは、本人のウェイト不足を補うためなのです。

魔術の身体能力向上で簡単に大盾が持てるからできる芸当なのです。

無論、バックラーもタワーシールドも、多重障壁展開と、全方位防御付きなのです。

さらに、特殊合金繊維のおかげで、魔術増幅器としての能力もあるので、盾を構えたまま、各々の盾の面積に応じた魔術攻撃ができるのです。

まあ、火力が高い分、燃費も悪いし、加減も効かないのです。一応、コアをつけて、魔力貯蔵して打てるようにはしているのです。

「ふむふむ……。見た感じでは、ズレはないようですが、二人は着てみて違和感などはありませんです？」

「うん。ピッタリ。というより、何か、体が軽いんだけど」

「そう。ヒイロはこの防具着て強くなった。身体強化をしてる感じがする」

「あー。それはそうなのです。そういうエンチャントがあるのです。身体強化といえばそうなのですが、種類は別物なのです」

「エンチャントってすごく高いんじゃないの⁉　わ、私たちがそんな高価なものを着ていいの？」

「ヒイロのお小遣いじゃ買えないって聞いた……。これからお小遣いなし？」

エンチャントって聞いて、二人が顔を真っ青に染めたのです。

最初は不思議だったけど、そういえば、エンチャント品は表向きにはまだまだ、高価なものなのです。

フィーリアは兄様やナールジア姉様、ザーギス兄様、コメット姉様と一緒に、色々作ってたから当たり前のような気がしてたのです。

「大丈夫なのです。ヴィリアもヒイロも、兄様を守る騎士なのです。これぐらいへっちゃらなのです。もちろんお金は兄様持ちなので平気なのですが、大事に扱ってくれると作った側としてはうれしいのです」

「わかりました‼　お兄様の騎士として、がんばります‼」

「うん。ヒイロも、頑張る‼」

「「でも、防具って使うから、大事にできないかも……」」

「ああ、ちゃんと整備をして、問題があればフィーリアやナールジア姉様にちゃんと持ってくるってことなのです。自分で修理もできればそれはそれで問題がないですけど、作り手と話して、よりよくしていくのが大事に扱うってことなのです」

「分かりました。何かあればちゃんとフィーリアを頼ります」

「分かったよー。ヒイロは大事に扱う」

そんなふうに調整をしていると、奥の部屋からドレッサの叫び声が聞こえてきたのです。

「こ、こんなエンチャント装備聞いたことがないんですけど!?」

「それはそうよー。私の趣味で色々やってるから。ちゃんと使い心地あとで教えてねー」

ああ、ドレッサの装備はナールジア姉様がやったんでした。

きっと、色々思いつきを入れたのです。

実を言うと、兄様が支度金を持っているというのは嘘なのです。

実際は、ナールジア姉様の、思いつき武具トライアルマラソンなのです。

……別名、人体実験なのです。

「自爆装置って使いませんよね!?」

「いざって時があるかもしれないわー。あとで使ってみてねー」

「使いませんよ!?」

漫画のネタをもってきたです。

自壊装置で事足りるから、兄様からは自爆装置はいらないってなってたのに、止まらなかったみたいです。

「大丈夫よ。鹵獲《ろかく》されないように、完全に自壊もするし、武具すべての魔術暴走でメルトダウンみたいな感じで、半径100メートルは消滅するから」

「全然、大丈夫じゃないですよ!?」

……あとで、兄様に報告しておくのです。

ナールジア姉様がまたトンデモ武具作ったのですって。

「えーと、フィーリア……」

「ヒイロたちのにも、ついてる？」

「安心してください。ついてないのですよ。でも、ナールジア姉様からもらった武具は注意がいるのです。ちゃんと使用方法のマニュアルを読んで本人にも聞いておくのですよ」

フィーリアがそう言うと、二人はガクガク頭を上下に振るのです。

そんなことをしていると、コールでメールが届いたのです。

『フィーリアちゃん。ポテチもおねがいできるかな？』

『私は、芋けんぴがいいわ』

『チョコをお願いできますか？　お部屋のストックがなくなりました。袋でお願いします』

アスリン、ラビリス、シェーラからのお買い物追加のお願いだったのです。

フィーリアはすぐにOKの返信を出して。

「じゃ、調整はこんな感じでいいのです。さ、今から晩御飯の買い物に行くのです。今日はハンバーグなのです‼」

「わーい‼　ハンバーグだー‼」

「こら、ヒイロも作るのを手伝うのよ。はぁ、まあもういい時間だし、早く行きましょう。晩御飯の買い物に来た人で混むから」

そう言って、フィーリアたちは、晩御飯の買い物へと向かったのです。

「こらー!?　私を置いて行かないでよー!!」

「ねえ。こっちの斬艦刀ってのを使ってみない?」

「私は片手剣ですー!?」

ドレッサ。頑張れなのです。

第451掘：天下五剣と島津一文字

Side：ユキ

はぁ、なんか騒がしかったわー。

レイとかいう、しんのゆうしゃは兵士に簀巻きのまま連れていかれた。

もちろん、うるさい口を再び封印されて。

「で、マジで処刑するのか？」

「あれを内にも外にも置いとけないでしょう？」

「そりゃなー。ティーク兄はどう思う？」

「僕も、タイキ君に賛成かな。さっさとああいうのは処分する方がいい。タイキ君の言う通り、どう扱っても毒にしかならないからね。捕まえたままにしておいても、私たちに不満をもつ者たちにいらぬことを吹き込んで、不安定にするだろうし、敵方からの救出工作とかの対応も面倒だ。外についても言わずもがな。敵にこっちの情報を無駄に与えたくはない。ダンジョンマスターである可能性があるならなおさらだ」

まあ、当然な意見だな。

「というか、今回の一件。これ以上下手に拡散すると、ガルツの名が地に落ちる。ランクスのあの姫君をウィードへ招待したのは私たちガルツだからな。これが原因でウィードの流通に滞《とどこお》りが出てみろ。もう、恐ろしいことになるぞ」

「「ああ……」」

そら、そうだ。

むしろこっちが本音か。

流通停止とか、もう各国からかなりの突き上げ食らうだろうな。

だから、ランクスを連れてきたガルツ側としてはさっさと処分してしまいたいと……。

「ユキ殿。どのみちあのレイは、近衛の副隊長という立場を使って、婦女暴行などを繰り返してきたクズです。不当な処罰ではありませんからご安心を」

あ、そこまでのクズだったのか。

近衛隊とか言っていたから、忠義で姫さんに付き従ってると思っていたのに。

よく、これでタイキ君が来るまで国の形をしてたなおい。

俺がそんなことを考えていると、ふいに会議室の扉が開かれる。

そこには、タイゾウさんと、なぜかルナがいた。

「あれ？　タイゾウさんはお休みじゃなかったんですか？」

「いや、そのはずだけど。というか、ルナはなんでここにいるんだよ」

「えーっと、話から察するに。タイゾウさんはタイキ君の遠縁の方だよね？　で、そちらの女性が……ルナ？」

名前を言って思い出したのか、顔が真っ青になった。

一応、この前の非公式三大国会談で、神様の存在を知って、さらに上の上級神の存在を教えられていたティーク兄は、ルナのことを知っていたんだろうな。

まあ、王様として、神様のさらに上の神様とか、失礼があってはいけないからな。教えてたんだろう。アーリア姉さんもリリーシュとかには挨拶にわざわざ来てたし。

この時代、この世界にとっての神様ってのはそれほど影響力があるんだろうな。

俺にとっては、駄目神で駄女神なんだが。

で、自分の失言？に気が付いたティーク兄はその場で膝をつき、頭を下げる。

「大変ご無礼をいたしました‼上級神の聖名を呼び捨てにするなど、何たる不敬‼どうか、我が首を捧げますので、わが国に、お咎めなどは……」

仰々しく、盛大に謝るティーク兄だが、ルナは特に気にした様子もなく……。

「あん？名前を呼ばれたくらいでそんなことはしないわよ。気にしないで。それよりも、ユキ‼あんたに聞きたいことがあるのよ‼」

「はあ？俺？」

なんでわざわざルナが出張ってきたかと思えば、俺に用？

「そうだ。これは緊急事態だ。ユキ君、正直に答えてくれたまえ」

「は、はあ？」

なんか、タイゾウさんが妙な迫力をもって言ってくる。

「童子切安綱。あんた、持ってるでしょう。あれ、オリジナルだから、返しなさい」

そう言って、手をクイックイッと、返せよアピールをする。

「いや。そんなもん注文した覚えはないぞ。天下五剣の中でも一番厄介な曰くつきじゃねーか」

天下五剣とも呼ばれる、日本に存在する刀剣の中で、最上位の五振りと言われる刀だ。

文字通り、天下に五振りだけの、超が付くほどの、そのどれもが国宝レベルの代物。

その天下五剣の一番最初に上がる刀の名前が、今言われた……。

童子切安綱

大江山に住み着く酒呑童子という鬼の大親分を斬った刀として超有名な刀だ。

この話だけを聞くと、ただの鬼退治じゃねーか、と思うだろうが、実はそんな生半可な話ではない。

当時、酒呑童子を退治に行った腕自慢、モノノフたちはいずれも有名どころばかりで、この刀、血吸いとも呼ばれるのを握った、源頼光。

童話にもなっている、力持ち金太郎、改め坂田金時。

大蛇退治の英雄、大鎌の碓井貞光。

神楽《かぐら》「土蜘蛛」「子持山姥」「滝夜叉姫」などあまたの物語に登場する卜部季武。

髭切丸で茨木童子を退治した、もう一人の鬼切り、渡辺綱。

この伝説の5人をして、酒に酔わせて、その隙に首を斬ることでしか勝ちを拾えなかったのだ。

日本における、八岐大蛇、玉藻の前などという大化生に肩を並べる、大妖怪である。

つまるところ、超強い化け物。

まあ、話を聞くにどう考えても、恨み骨髄まで染み込んでいるような刀を取り寄せるか。

「はあ？　でも、童子切がこっちの世界に来てるんだから、ユキの関係者しかあり得ないでしょう？」

「いや、ナールジアさんにそれよりも安全？　な刀作ってもらってるからなー。わざわざ取り寄せたりしてないぞ。クソ高いし」

そう、俺も天下五剣は見てみたいのだが、その価格がぶっ飛んでいた。

いや、今の収入からするとそこまでないのだが、50万DPもつぎ込むくらいなら、作った方が安くつく。呪われている可能性もあるから、誰がそんなもん欲しがるかよ。

「そう言われると、そうよねー。じゃ、誰が……」

「いや、この世界に飛んできたのが分かってるなら。誰が取り寄せたのかも分かるだろう」

「ああ、そうね。てっきりユキだとばかり思ってたから。さっさと調べましょう。あれオリジナルだから、さっさと戻さないと、酒呑童子の荒魂に乗っ取られるからねー」

「おいこら。ちょっと待て、さっきから、不穏な言葉が聞こえてるが、オリジナルってどういうことだよ？　荒魂に乗っ取られるってどういう話ですかねー？」

　俺が嫌な予感を覚えつつ、調べ始めたルナに聞く。

「そのまんまよ。あの刀。当時の霊験あらたかな場所で、凄腕《すご》の刀匠、そして八百万の神々の祝福に、最後に酒呑童子の荒魂も内包して、簡単にコピーできなかったのよ。だから、本物を博物館から転送して、今偽物を置いてるのよ。ばれると、日本の八百万とかうるさいから、やっとできたコピーと交換してほしかったのよーっと、えーっと、いつ注文が入ったっけ？」

「待てや‼　八百万の神どころじゃないわ‼　日本大混乱だよ‼　博物館の関係者クビになるレベルだよ‼　あと何⁉　荒魂に乗っ取られるって⁉」

　タイゾウさんが慌ててこっちに来た理由がよく分かった。

　やべー、やべーどころじゃねえ。

　何かとんでもない爆弾が日本から転がり込んできた⁉

　しかし、俺の叫びも無視しつつ、ルナは調べて……。

「あ、分かったわ」

「誰だよ‼　早く取り戻すぞ‼」

「えーっと、取り寄せたのはビッツ・ランクスってなってるわね。あはは、なるほど。タイキから刀のことでも聞いたのかな。まあ、正規の手続きは踏んでるし、こっちのコピーを置けば、そうそうばれないから。このままでいいか」

「取りにいけよ‼」

「えー。だって、今の騒動は、あんたたちの問題でしょう？　私が手を出す理由にはならないじゃない」

「ぬぐっ」

そう、今回はあくまでも、ルナのミスではなく、神々とのいざこざを乗り切れと最初から言われていた話だから、ルナの手助けは望めない。

「ぱーっと能力使って取り戻してもいいけど、それだと、あんたたちがいらなくて、私が頑張れよって話になっちゃうじゃん。別に、ルール違反したわけじゃないし。実力で取り返しなさいな」

「ばれると、八百万がうるさいんじゃなかったか？」

「あー、まあ、そこはビッツのせいにするからいいわよ。てっきりユキが持ってると思ったから、交換できるかなーって思っただけ。正直な話、ユキの関係者以外のダンジョンマスターとかと会話する気はないわよ。あいつら、今まで役立たずだったから、会ったらどうせ泣きついてくるわよ？　そんなの勘弁よ」

確かに……。

しかし、待て、元の問題はルナの送り主未確認からだ。

なにかしら、協力は得られるんじゃないか？

「もとはと言えば、ルナが送り先の確認を怠《おこた》ったのが原因だろう。全部手助けをしろなんて言わんから、せめてどこに童子切があるかぐらい教えてくれ。荒魂に乗っ取られるっていうぐらいだから、荒魂から復活することもあるんだろう？　それはそっちとしても問題だろ？」

「うぐっ。相変わらず痛いところをついてくるわね……。まあー、さすがに酒呑童子がこっちで荒魂のまま復活すると面倒よねー。軽くこっちの神々超えてるからねー。荒魂は文字通り荒い心、魂だからね。暴れまわるわね。止めるのは厄介だし、私にも多少の責任はあるか……」

あー、そういうレベルの大妖怪でしたか。

「しゃーない。場所ぐらいは感知できるようにして、万が一復活した際には、私からサポートぐらいはしてあげましょう。異世界の大江山の酒呑童子退治現代版とか面白そうだし。ＯＫ」

「面白くねーよ!?　クソ、絶対復活前に取り戻すからな‼　で、場所はどうすれば分かる‼」

「はいはい。いよっと。面倒だから、ユキのコール画面だけね。地図機能に方角と黄色い点が付くから分かるわよ」

そう言われて、慌てて、コールの地図機能を起動して確認する。

「方角は間違いなく、剣の国の方角だな……。あのお姫さんが持ってるのか？」

「さあ。そういうのは分からないけど。剣の国なら、ノゴーシュが持っててもおかしくないわよねー。あいつ、30年ぐらい前に、上泉信綱にボコボコにされてたから、刀に執着してそうよねー。あれは笑ったわー」

そういう情報はさっさと渡せよ‼

「えーっと、ユキさん」

「どうした。タイキ君？」

「その、タイゾウさんが……」

「タイゾウさんが？」

そういわれて、タイゾウさんの方を振り返ると、顔を伏せてわなわなと震えていた。

「あのー、タイゾウさん、どうしたんですか？」

「ユキ君。今すぐ、剣の国へ攻めるべきだ」

なんか、目がすわった様子でそう言われた。

「国宝を奪われたとあっては、日本の恥‼　魂を盗まれたも同然‼」

「お、おちついてください‼」

「落ち着いていられるか‼　童子切はともかく、島津一文字まで奪われたのだ‼」

「はい⁉　おい、ルナ‼」

「ん？　ああ、島津一文字もあったわね。でもあっちはコピーよ？」

「そんなのは関係ありません‼　我が主家、島津家の宝剣をコピーでも持たれることは、武士としては恥‼　何としても、取り戻すのだ‼」

あ、やべ。

これキレてるわ。

「即刻、レイとか言うものの処刑を宣告して、刀の返却を求めるべし‼　それが叶《かな》わなくば、全軍をもって剣の国、ノゴーシュから刀を取り戻すのだ‼」

うひゃー。

身内にも鬼が出たよ。

番外編　刀と日本刀について

意外と勘違いしている人がいるが、刀と日本刀は同一の言葉ではない。

まあ、文字を見れば一目瞭然なのだが「日本刀」には「刀」という文字が含まれていることから「刀」の種類の一つが「日本刀」ということだ。

さて、では日本刀以外の「刀」とは何なのか？

こっちに関しては、あまりこちらも認知されていないが、結構ものすごく適当な定義が存在している。

まず、湾刀、直刀の大まかな2種類が存在しており、片刃、つまり片側にしか刃がついていない物を「刀」と呼ぶのだ。

日本刀のように、反っていて、片刃じゃないとダメというわけではない。

ちなみに、ナイフも「刀」の一種とされている。

ここまでくるとナイフは違うだろうと思うだろうが「武器」としての分類は間違いなく「刀剣」になるので「刀」という分類には間違いないのだ。

つまり、料理用の包丁は、武器に分類されていれば「刀」になるわけだ。

包丁も、分類上はナイフの一種だからな。

さて「刀」の特徴的な定義と、ちょっと意表を突く「刀」の一種であるナイフを紹介したわけだが、じゃあ、メジャーな刀とは、いったいなんなのか？

もちろんこのメジャーな刀は「日本刀」以外のものとなる。

じゃあ、何があるんだよというと、実が意外と知っている人が多いモノで言うなら。

サーベル

こちらは意外と認知度が高いのではないか。

海賊がよく使うという語弊があるが、手を保護する鍔《つば》があり、反っているなど、よく見たことがあるのではないか。

とはいえ、作られた理由としては安直なもので、騎乗用のモノとして作られたとされる。

簡単に言うと、ランスや槍は突く。いわゆる馬上槍というやつで直剣とは役割が被るのだ。

むしろ直剣よりも、長い槍の方が突き刺しには適しているので、騎馬隊が持つべきは斬ることに特化したサーベルが作られたというわけだ。

もちろん、直剣も斬る動作はできるが、反っている刀の方が切れ味がよく、そちらを持つ方が理にかなっているので、持つ者は減ってくる。

そして、最後というのは違うかもしれないが、貫くということに関しては、剣よりも、弓よりも強力な銃が出現して、直剣や槍、弓の役割がなくなったというわけだ。

そして最後に残ったのが、近接としてはそれなりに攻撃力があり、指揮者として分かりやすいサーベル系の刀剣。

日本で言えば軍刀となったわけだ。

現代では結局近接の武器としてはナイフがよく、サーベルを持つことは儀礼的なものにまでなっている。

Side:ユキ

俺はそんな感じで「刀」についての説明をしていた。

理由はというと。

「ふーん。武器一つとっても色々歴史があるのね」

「面白いですね〜」

俺の前にはセラリアやナールジアさんが会議室の椅子に座ってそう納得しているのを見て、分かるように、この二人に向けて刀の説明をしていたわけだ。

原因は、この前話に上がった、呼び出された「童子切安綱」「島津一文字」のことだ。

そもそも「刀」とは何なのかという話になったわけだ。

「つまり、直剣はあまり振る方には向かないわけね」

「まあ、そうだな。衝撃《しょうげき》も直に来るからな。反っていることで衝撃も逃せるし、斬るという動作に適しているんだ」

そう、野球のバットなどの殴りつける武器でもない限り、まっすぐの物体というのは斬るモノに対してあまり向いていないのだ。

基本的に剣は刃先にとって切傷を狙うものだ。

ぶつかった衝撃で敵を倒すものではないが、直剣の類《たぐい》は検証すると切傷での死亡よりも、刺殺、撲殺という結果が多い。

つまり、直剣は突きと撲殺で使われているということが証明されているわけである。

「説明されればされるほど、納得のお話ですね。確かに鎧相手には切りつけるなら、関節部や隙間など、装甲が薄い、あるいはない部分に攻撃を仕掛けるのが当たり前ですし、そんな面倒をするなら、とがったもので一点から鎧の上から貫いて陥没させる方がいいですよね～」

「そうね。その場合どこでもいいんだから」

二人の言う通り、斬る場合は場所を選ばなくてはいけないのが難点となる。

これは刀も同じではあるが、鎧ごと両断するケースがままある。

もちろん、絶対ではないが、斬れる可能性が高いのは刀ということだ。

「で、話を戻すが、その刀の分類で存在するのが日本刀だ。とはいえ、この日本刀にも色々種類が存在する」

「えー」

「ああ、それは知っています」

セラリアは面倒そうにつぶやいて、ナールジアさんはさすが鍛冶師ということでそこは知っていたようだ。

「まあ、セラリアも日本刀使っているだろう？　どんな種類があるか、確認しておいた方がいいかもしれないぞ」

「そうなの？」

「ああ、日本刀も色々な用途があったり、有名な刀があったりする。まあ後者はこっちの世界でも有名な武器はあるだろう？　そういえば、聖剣、魔剣以外は聞いたことがないが」

伝説の剣とか勇者の剣とかありそうなもんだがな。

あ、いや、待て……何か聞いた気がすると思っていると、セラリアとナールジアさんが苦笑いをしながら答える。

「そりゃ、あなたがその有名武具を有名無実にしたからよ。一応、私が持っていた剣も、かなり有名どころの鍛冶師が打った一点ものだったのよ？」

「ですね～。私から見ても見事と言えるものでしたが、まあ、日本刀とかと比べるとですね……。あ、ついでに言いますと、タイキさんがお持ちの剣は勇者の剣で多属性を操れるものですよ。聖剣の上位互換です」

「あー、そう言われるとそうだった」

その話をしたことはあったけど、結局のところ、銃の方がよくね？　って話になったんだよな。

やはり射程と速度、そして火力を優先してくるとそういうことになるんだろう。

「で、日本刀の種類って？」

「ああ、そっちの話だったな。えーと、大体の分類だが……」

俺はそういってホワイトボードに日本刀の種類を書いていく。
・太刀《たち》　・長巻　・短刀　・打刀　・脇差　・懐剣　・軍刀
「これが大まかな日本刀と言われる分類だ。もちろんこれ以前の古刀と呼ばれるものもあるが、古刀は直刀で、日本刀と呼ばれるよく切れるものとは種類が違ってくるので割愛する」

「切れないの？」

「切れないわけじゃないだろうが、直刀ってところから分かると思うが、日本刀の特徴ともいえる反りがない物が多いからな、ちょっと種類が違うんだよ」

「なるほど？」

「ま、説明していくから待っててくれ。で、まず最初に太刀だな。これは野太刀、大太刀、小太刀とあるが、これが反りを入れた日本刀の始まりだと言われている。最初に説明した、騎乗して敵を切るために作られたものだ。腕の良い達人は馬ごと人を切ったという話もある。そして日本刀の中で最大と言われる種類だな」

「まあ、馬ごと人を切るんだからそれだけ大きくないと無理よね。魔術とかのエンチャントがあったわけじゃないでしょうし」

「そりゃな」

あってたまるか。

と、否定できないのが怖いところだな。

酒呑童子とかがいたんだから、陰陽師の魑魅魍魎《ちみもうりょう》の調伏《ちょうぶく》とか実際あってもおかしくないだろうし、その過程で、こっちの魔術みたいなこともあっても別に不思議じゃないだろう。

「で、次に長巻。これは、太刀を使いやすくするための、柄の部分、持ち手の部分を長くしたものだ。だから……」

「なるほど。布を巻いている部分が、長いから長巻と」

「単純ね。あれかしら、両手剣の柄が長いみたいなもの？」

「そうだな。それと同じ理由だ。次に短刀。これは、脇差とほぼ変わらず違いは簡単で、鍔をつけないことがあげられる。懐剣の別名みたいなものだ。利点は持ち歩きやすく、隠しやすいってところで。女子供でも持てて、そして殺傷能力は高い」

「ああ、こっちで言うナイフね」

「そうだな。それが近い」

「でも、切れ味は段違いですよね」

「はい。そこは日本刀独自の鍛造方法で作られていますからね」

で、いよいよ最後だ。

「さて、それで最後の打刀。これが今一般的に日本刀と言われているものの種類だ。これは騎乗用武器として発展した太刀が、歩兵用、つまり携帯しやすさを考えて作られたもので、槍や弓、そして銃が戦場で主に使われてきてから、足軽とかの歩兵が接近した際に使うものとして作られたのが始まりだと言われている。もっとも活躍したのは幕末、大きな戦争がなくなり、内部で争うようになってきた頃だな。新選組と維新の志士たちとの戦いでよく使われたようだ。携帯しやすい武器だからな」

よく町中で殺陣《たて》を行う映像とかで使われているのはすべて打刀である。

太刀を使うとか自殺行為だ。

「なるほどね。あれ？　軍刀に関しては？」

「あー、軍刀は基本的に士官用のモノで実戦に使われたというより、指導用というか処罰用なんだよな。性能についてはどの日本刀も同じだが、特に軍刀はむらが大きくてな。工業用として大量生産をしていたんだが、ちゃんと昔ながらの作り方をしていたモノもあれば、近代の技術で簡単に、と言うと語弊があるが、作っていたりするんで評価が一定じゃないな」

酷《ひど》い話だと、鉄板をそのまま削って研いだとかいうアホな軍刀もあるとか。

いやーそれはないだろうと言いたいが、当時の物資不足を考えるとあり得ない話でもないかもと思う。

「それで、日本刀というのが世界で一定の評価を得ているのは、その切れ味はもとより、その美術性、何より日本という独自の政治体形によって、名のある刀が語り継がれて、そして残っているということがあげられるわけだ。普通、王朝がなくなれば全部とまではいかないが大半は廃れていくものだからな」

「ああなるほどね。それで多くの有名な日本刀が残っているってわけか」

「いいですね～。ロマンが現代まで多く残る。日本刀～。ああ、やっぱり数本取り寄せてもらえませんか？」

「そうね～。私もそんな話を聞かされると欲しくなるわ」

「そこは、ルナと話し合ってからだな。妙なモノが入っているとか、タイゾウさんの怒りを買いたくはないだろう？」

今回のことで、タイゾウさんはいたくご立腹だからな。

日本刀はそれだけの価値ではなく、日本の魂とまで言われる。

しかも有名なモノとなればなおのことだ。

とはいえ、それでもセラリアやナールジアさんのように……。

惹かれる

そういうのが日本刀なのだろうが。

モンスター文庫

かつて異世界へと勇者召喚され、その世界を救った男がいた。もちろん男はモテまくるようになり、異世界リア充となった。だが男は「罠」にハメられ、元の世界へと強制送還。おまけに赤ん坊からやり直すことに――。これは、今はちょっぴり暗めの高校生・須崎雪として生きる元勇者が、まさかまさかの展開で、再び異世界へと召喚されてしまうファンタスティックすぎる勇者様のオハナシ!! 書き下ろし番外編「輝くは朝日、決意は夕陽」を収録した「小説家になろう」発、痛快バトルファンタジー!

発行・株式会社　双葉社

必勝《ひっしょう》ダンジョン運営方法《うんえいほうほう》⑳

2023年12月3日　第1刷発行

著者　雪《ゆき》だるま

発行者　島野浩二

発行所　株式会社双葉社
〒162-8540
東京都新宿区東五軒町3-28
電話　03-5261-4818(営業)
　　　03-5261-4851(編集)
http://www.futabasha.co.jp
(双葉社の書籍・コミック・ムックが買えます)

印刷・製本所　三晃印刷株式会社

フォーマットデザイン　ムシカゴグラフィクス

ISBN978-4-575-75332-5　C0193
Printed in Japan

Mゆ01-22